陛下、心の声がだだ漏れです！４

シロヒ

B's-LOG BUNKO
ビーズログ文庫

イラスト／雲屋ゆきお

もくじ

人物紹介
ガイゼル・ヴェルシア
ヴェルシアの皇帝。冷酷と恐れられるがツィツィーに向ける心の声はだだ甘♡
ツィツィー・ヴェルシア
南の小国出身の末姫。無自覚に他人の心の声が聴こえてしまう。

ヴァン・
アルトランゼ

騎士団に所属する
ガイゼルの側近兼護衛。

リジー

ツィツィーの
頼れる侍女。

ランディ・
ゲーテ

王佐補の一人。
ガイゼルをこき使う。

リーリヤ

ラシーで出会った
吟遊詩人。

序章 心の声がだだ漏れです。(四度目)

ツィツィーがヴェルシアに来てから、二度目の冬が訪《おとず》れた。

窓の外を見ると、漆黒《しっこく》の夜空から真っ白な雪がしんしんと降り続けている。

(なんだか、イシリスを思い出しますね……)

ガイゼルと隠《かく》れていた異国の村での暮らしを思い出し、懐《なつ》かしむように目を細める。すると階下がにわかに騒《さわ》がしくなり、ツィツィーはすぐに自室を出た。

玄関《げんかん》ホールでは王宮から帰って来たガイゼルが使用人に外套《がいとう》を手渡《てわた》しており、それを見たツィツィーは嬉《うれ》しそうに、とたたっと階段を駆《か》け下《お》りる。

「おかえりなさいませ、陛下《へいか》」

「ああ」

『くっ……空から天使が下りて来た……? これまでにも何度もツィツィーの「おかえりなさい」を聞いてきたが、何回味わってもこの感動は薄《うす》れる気がしないな……。いやむしろ日を追うごとに愛《いと》おしさが増していくようだ……』

（……っ！）

相変わらず素っ気《そけ》ない表の顔に対し、心の中はツィツィーに対する愛情表現に余念がない。ツィツィーもまた少しだけ恥《は》ずかしさを覚えるが、これまでの『だだ漏《も》れ』で耐性《たいせい》がついてきたこともあり、平静を装《よそお》いながらガイゼルに話しかけた。

「今日もご公務、お疲《つか》れさまです」

「お前も公爵夫人《こうしゃくふじん》との会食があっただろう。同席出来なくて悪かったな」

「いえ。女性だけで、とても楽しい時間を過ごさせていただきました」

互《たが》いの仕事に対する慰労《いろう》を交《か》わし、二人はそのままガイゼルの部屋へと向かう。

あらかじめ使用人が暖炉《だんろ》に火を入れておいてくれたため、扉《とびら》を開けるとほわっとした暖気が二人を迎《むか》え入《い》れた。上着を脱《ぬ》いで寝支度《ねじたく》を調《ととの》えていたガイゼルが、テーブルの上に一《ひと》抱《かか》えはある大きな箱があることに気づく。

「これは何だ」

「あ、それはリナお姉様からの贈《おく》り物《もの》です。中を確認《かくにん》しようとしたのですが、なんでも『ガイゼル陛下と二人だけの時に開けてほしい』という手紙がついていて」

「俺と？」

眉根《まゆね》を寄《よ》せたガイゼルは、何か危険物でも入っているのではないかと箱を持って耳に当てたあと、やや乱暴に揺《ゆ》さぶり始めた。ああ、とツィツィーが慌《あわ》ててそれを制し、中身を壊《こわ》さないうちにリナからのプレゼントを開封《かいふう》する。

中から現れたのは——艶々《つやつや》と輝《かがや》く深紅《しんく》のドレスと、繊細《せんさい》な細工が施《ほどこ》された銀香炉《ぎんこうろ》だ。

「わあ……！　素敵《すてき》ですね」

「ああ。ここまで見事な香炉は俺も初めて見る」

興味深く香炉を手に取るガイゼルを前に、ツィツィーもまた折《お》り畳《たた》まれているドレスに目をやる。中身を確認したところで、改めてリナからの手紙を読み直した。

（『先日は大変お世話になりました。若いお二人には不要かと思いましたが、遠くラシーより心ばかりの品を献上《けんじょう》いたします。こちらの香炉には我《わ》が国《くに》でいちばんの調香師《ちょうこうし》に作らせた特別な香料《こうりょう》を添えておりますので、ぜひ寝所《しんじょ》でお使いいただければと。皇族《こうぞく》のお務めが大変な日もあると思いますが、時にはこうしたもので気分を変えて励《はげ》んでいただきたく——』……お務めって、公務のことでしょうか？）

するとと不思議な顔をしているツィツィーに気づいたのか、ガイゼルもまた便せんを覗《のぞ》き込《こ》む。が、読み進めていくうちにみるみる彼の顔が渋《しぶ》くなった。

「……余計なことを……」

「どうやら、お仕事で疲れた時に使うもののようですね。良かったら早速《さっそく》今日薫《た》いてみましょうか？」

姉からの贈り物にわくわくするツィツィーに対し、ガイゼルは手紙をさっと奪《うば》い取《と》ると、手にしていた香炉と共に素早《すばや》くツィッツィーの前から引《ひ》き離《はな》した。

「いや、必要ない」

「ですが、せっかくリナお姉様がくださったものですし」

「必要ない」

そう言うとガイゼルは、書斎机《しょさいづくえ》の引き出しにさっさとそれらをしまい込んでしまった。

仕事の疲れに効くというなら、今すぐにでも使っていただきたいのに……と不満に思うツィッツィーの元に、動揺《どうよう》したガイゼルの『心の声』が響《ひび》いてくる。

『同じ上に立つ者としてそこを重視する気持ちは理解出来る！　出来るが……俺とツィッツィーはまだ始まったばかりで、そういった道具の力を借りてあれそれというには少々段階が早すぎるというか……！』

（ガ、ガイゼル様？）

『もちろん世継《よつ》ぎのことは避《さ》けられる問題ではない。だが俺としては、まだこの二人だけの時間を大切にしたいという気持ちが――』

（お、お務めって、そういう……？）

自身の勘違《かんちが》いにようやく気づいたツィッツィーは、すぐさまぼんっと顔を赤くした。

同時に「早速薫《た》いてみましょう？」と言い出した自分の言動が恥ずかしくなり、なんとかごまかす方法はないかと、手にしていたドレスを体の前に掲《かか》げる。

「そ、そうですね！　香炉はまだ早いので、今日はドレスだけ着て――」

だがドレスの全容が露《あら》わになった途端《とたん》、ツィツィーははっと目を見張った。

重なり合っていたから気づかなかったが、広げてみると布地が驚《おどろ》くほど薄い。デザインも一見するとラシーの伝統衣装《でんとういしょう》に近いが、丈《たけ》が膝《ひざ》よりも短く、身頃《みごろ》からスカートまで側面《サイド》に当たる部分は精緻《せいち》な透けレースがあしらわれていた。

大人っぽいリナが身に着ければ、さぞかし妖艶《ようえん》な姿になるだろう。だが――

（わ、私には、無理です……!!）

案の定、ガイゼルは鳩《はと》が豆鉄砲《まめでっぽう》を食らったような顔で硬直《こうちょく》しており、ツィツィーはとんでもないことを口走ってしまった数秒前の自分を消し去りたくなった。

（わ、私はどうして、これを着るだなんて宣言してしまったのでしょうか……！）

言い出した手前、どうやって取り消そうかとツィツィーは必死になって考える。

するとあわあわと動揺するツィツィーの心中を察したのか、ガイゼルが「ふっ」と呆《あき》れたように笑った。

「この寒さでか？　悪いことは言わん、やめておけ」

「そ、そうですよね！」

まさかの助《たす》け舟《ぶね》に、ツィツィーはありがとうございますとばかりに飛び乗る。

こうしてリナからの贈り物はどちらも封印され、いつものように一緒《いっしょ》の寝台《しんだい》に入った二人だったのだが――

『待てよ……。まさかと思うが、ツィツィーが本当に香炉を使ってみたかった可能性もあるのか……？　明日は朝議があるから今夜はやめておこうと思っていたが、ツィツィーが望んでいるなら俺としてはやぶさかではないんだが――』

（ええっ⁉）

『正直なところ、ラシーの王族が使用する媚薬《びやく》の効果に興味がないわけではない。くっ、しかし今はまだ、純粋《じゅんすい》にツィツィーとの触《ふ》れ合《あ》いを大事にしたいというか、そうしたものの力を借りずとも、俺は時間が許す限りツィツィーを愛する自信があるわけで』

（……っ！）

『それにしてもあの夜着《よぎ》はなかなか衝撃的《しょうげきてき》だったな。おそらく姉君の趣味《しゅみ》だろうから、ツィツィーが望んでああしたものを選ぶことはないだろうが……。着ているところを見たいか見たくないかで言えば――見たい。絶対見たい。余すところなくすべて見たい』

（あ、あわわわ……）

その時ツィツィーの脳裏《のうり》を、ふわっと赤い何かがかすめた。

ぼんやりとしていたそれは次第《しだい》に輪郭《りんかく》を持ち始め――やがて先ほどの赤いドレスをまとったツィツィーの姿がはっきりと映し出される。

（い、いやー⁉）

どうやらガイゼルの妄想《もうそう》が『心の絵』としてツィツィーに伝播《でんぱ》したらしい。想像の中のツィツィーは恥ずかしそうに頬《ほお》を染めたまま、時折愛らしくこちらに微笑《ほほえ》みかけてくる。

彼の脳内を覗き見ているという申し訳なさと、ガイゼルには自分がこんな風に見えているのかという恥ずかしさとで、限界を迎えたツィツィーはたまらず目の前にあった彼の胸《むな》板《いた》をぐっと押し離した。

「……ツィツィー？」

「あ、いえ、その……きょ、今日はちょっとだけ、離れて寝《ね》ようかな、と……」

その言葉にガイゼルはぱちぱちと目をしばたたかせ——直後、大量の後悔《こうかい》と慚愧《ざんき》の念《ねん》が押し寄せる。

『まさかっ……俺が不埒《ふらち》なことを考えていたとバレ……っ⁉ いやそんなはずはない。だがうっかりどこかにその片鱗《へんりん》を滲《にじ》ませてしまった可能性はある。どこだ。いったいどうして気づかれた！ ……いや待て。もしかしたらこれまでのあれそれに不満があって、俺に愛想《あいそ》を尽《つ》かしたということも（だがどうやってそれを追及《ついきゅう》しろというのだ⁉）もし今後ツィツィーが一緒に寝ないなどと言い出したら俺は——』

（うう、近づいても離れてもダメなんて……。一体どうしたら……！）

拳《こぶし》一つ分の距離を取ったまま、二人はだらだらと冷《ひ》や汗《あせ》をかく。

暖炉の火はとっくに消えたというのに、寝室《しんしつ》はいまだ謎の熱気で満たされていた。

これはよくある政略結婚《けっこん》——ただし『誰《だれ》からも本心を理解されない孤独《こどく》な王様』と『意図せず心を読むことが出来るお姫様《ひめ》』が出会った奇跡《きせき》のような物語である。

第一章 心の声が聞こえすぎです。

ツィツィーの故国・ラシーへの新婚旅行《しんこんりょこう》を終えた二人は、ついに先日晴れて身も心も本当の意味で夫婦《ふうふ》となった。

結婚《けっこん》した当初はただの政略だと見なされていたが、ガイゼルのツィツィーに対する思いは幼少期から叩《たた》き上《あ》げた筋金入《すじがねい》りで、「ヴェルシアに無理やり輿入《こしい》れさせられた」と言うよりは「ツィツィーを嫁《よめ》にするため、ガイゼルが力ずくで二人の兄から皇帝《こうてい》の座《ざ》をぶんどった」と言う方が正しかった。

その上ツィツィーには『人の心の声が聞こえる』という不思議な力があり、ことガイゼルに関しては相性《あいしょう》がいいのか、もはや『だだ漏《も》れ』しているレベルで彼の本心を受け取ることが出来る。

おかげで『氷の皇帝』の異名を持つ冷酷《れいこく》なガイゼルが、心の中では自分を溺愛《できあい》している——という事実に気づくことが出来、時には恥《は》ずかしさに、時には愛《いと》しさに振《ふ》り回《まわ》されながら、少しずつ彼との距離《きょり》を縮めていった。

そうして謀略《ぼうりゃく》に乗せられ逃《のが》れた隣国イシリスでの潜伏生活《せんぷくせいかつ》や大国の侵攻《しんこう》、波乱万丈《はらんばんじょう》な結婚式《けっこんしき》の準備にガイゼルの養父との和解など、様々なトラブルを乗《の》り越《こ》えてきた二人の元に、ツィツィーの長姉《ちょうし》・リナの結婚式の招待状が届いた。

実家との折り合いが悪く、出欠を迷っていたツィツィーだったが、ガイゼルが同行してくれるということもあり帰国を決意。だがそこで待っていたのは華《はな》やかな式典ではなく、国中に蔓延《まんえん》する恐《おそ》ろしい『水』と、王宮に巣くう影《かげ》の支配者との対決であった。

リナの命がけの行動とガイゼルの働きによって、ラシーはなんとか事なきを得たものの、ラシー王家が信頼《しんらい》を取《と》り戻《もど》すには、きっとまだ時間がかかるだろう。

このように大変な新婚旅行ではあったものの、救いもたくさんあった。

ツィツィーの世話係であったニーナとの再会。リナをはじめとする姉たちとの関係の変化。そして——自分を遠ざけた母親との和解。

もちろん幼い頃《ころ》のツィツィーが受けた悲しみは深く、今更《いまさら》すべてなかったことには出来ない。だがこれからは少しずつ、歩《あゆ》み寄《よ》っていけるかもしれない——そう思えるだけで、ツィツィーの心も少しは満たされたといえるだろう。

そんな様々な困難に直面する二人を、陰《かげ》に日向《ひなた》に助けてくれる仲間もいる。

ガイゼルの幼馴染《おさななじみ》であるヴァン・アルトランゼに、いまだ姿を見たことがない王佐補《おうさほ》ランディ・ゲーテ。今は騎士団顧問《きしだんこもん》を務める『無敗の騎士団長』ディータ・セルバンテス。

また最近では『商《あきな》いの天才』ルカ・シュナイダーや、大型船の設計技術に長《た》けたマルセル・リーデンといった新しい人材も増えてきた。

もちろん有事の際には、ガイゼルの養父であるグレン・フォスター公爵《こうしゃく》も協力を惜《お》しまないだろう。

ツィツィーの傍《そば》には気心の知れた侍女《じじょ》リジーや、新進気鋭《しんしんきえい》の女性デザイナーであるエレナ・シュナイダーという友人がおり――ツィツィーとガイゼルは、慌《あわ》ただしくも幸せな日々を今日もここヴェルシアで送っていた。


冬の寒さをひしひしと感じるようになったある日の本邸《ほんてい》。

結婚式準備の時にも世話になった儀典長《ぎてんちょう》が、応接室のソファに座るツィツィーとガイゼルの前に恭《うやうや》しく書類を差し出した。

「こちらが、陛下《へいか》のご即位《そくい》三年をお祝いする式典の詳細《しょうさい》になります」

「即位三年……」

「はい。来月の十五日がちょうどそのお日にちとなります」

ツィツィーはテーブルに置かれた資料を見つめる。そこには行事の進行内容や他国からの招待客リスト、同日に設けられる会食のメニューや当日の衣装《いしょう》デザイン候補など、事細かに定められた色々がずらりと並んでいた。

「ガイゼル陛下がこのヴェルシアの第八代皇帝として立たれた、誠《まこと》に記念すべき日でございます。本来であれば毎年記念祝賀会を挙行《きょこう》すべきところを、昨年はなにぶんその、大変な事態がございましたもので……」

儀典長の言葉を耳にしたツィツィーは、すぐに去年のこの時期を思い出した。

（たしか……私が陛下との離縁《りえん》を言《い》い渡《わた》された頃だわ……）

ガイゼルの父親である先帝《せんてい》ディルフ・ヴェルシア。

そんな彼の腹心《ふくしん》であった王佐ルクセンの策謀《さくぼう》により、ツィツィーは一度ラシーへと戻ったことがある。だがガイゼルは瞬時《しゅんじ》の迷いもなく単身ツィツィーを迎《むか》えに来ると、そのままヴェルシアへと連れ帰ってくれたのだ。

しかしその隙《すき》をまたもルクセンに突《つ》かれ、二人はヴェルシアから追放。

雪深いイシリスの奥地《おくち》で身分を偽《いつわ》り隠《かく》れ住んでいたため、即位を祝う式典など当然催《もよお》されようはずもない。

ちらりと窺《うかが》ったガイゼルは、さして興味もないとばかりに冷たく机上《きじょう》を睨《にら》みつけていた。その態度を目にした儀典長は「何か藪蛇《やぶへび》をつついてしまったかも……」と身構えていたが――彼の視線は先ほどから、ツィツィーが身にまとうドレスのデザイン画だけに注《そそ》がれている。

『ふむ、さすがはエレナ・シュナイダー。ツィツィーの神々《こうごう》しさと愛らしさを両立させる見事なデザインばかりだ。こちらの薄紫《うすむらさき》の衣装は格式高くて美しい。俺の服装と合わせた黒と赤というのも珍《めずら》しいな。……あーだめだ。全部見たい。俺の衣装などどうでもいいからツィツィーのものだけ作ってもらえないだろうか。しかしそんなに着替《きが》える暇《ひま》は——待てよ。朝と昼、会食、夜会で四着はいけるのでは……⁉』

（もはや誰《だれ》が主役か分からなくなりそうです……）

その後ガイゼルからの許可も下り、あれそれと詳しい説明をしたのち、儀典長は応接室をあとにした。二人だけになったところで、ツィツィーは嬉《うれ》しそうに資料の一部を手に取る。

「でも素敵《すてき》ですね。こうして国を挙《あ》げて、ガイゼル様のことをお祝いしてくださるなんて」

「くだらん。結局のところ、これを口実に諸国の王侯貴族《おうこうきぞく》らを我《わ》が国《くに》に集め、膠着《こうちゃく》している懸案事項《けんあんじこう》をまとめて有利に進めたいという算段《さんだん》だろう。あいつ《ランディ》が考えそうなことだ」

「そ、それも大切なことですし……」

「大体生誕祭だの何だのと、この国はいちいち祝いすぎだ。まあ今年は婚礼《こんれい》と重なっていたから、そちらは省《はぶ》けたが……」

「生誕祭？」

初めて聞く単語にツィツィーがはてと首を傾《かし》げる。するとガイゼルはかつてないほど

「はっ」と大きく目を見張り、恐る恐るツィツィーに尋《たず》ねた。

「……ツィツィー、お前がここに来たのは何歳《なんさい》の時だ……？」

「十八です。結婚が認められる年になってすぐに」

「……今は」

「十九です。あっという間の一年でしたね」

「……っ！」

だらだらと脂汗《あぶらあせ》を流し始めたガイゼルに気づき、ツィツィーは思わずぎょっとする。

すると懊悩《おうのう》する彼の中から、まるでこの世の終わりのような悲嘆《ひたん》が聞こえてきた。

『誰か……誰でもいい……。俺が気を失うまで際限なく殴《なぐ》ってほしい……』

（ええっ⁉）

『信じられん……ツィツィーがこの世に生まれ落ちた、一年で最も崇高《すうこう》な日を祝い忘れただと……？　そんな大罪を犯《おか》して、俺は何故《なぜ》のうのうとこの場で生きている？　どれほど罰《ばっ》せられてもまったく足りる気がしないんだが……。くそっ、どうにかして今すぐ過去に戻る方法はないのか……！』

『待て。そもそもどうしてこんなことになった！　年齢《ねんれい》……確かに釣書《つりがき》に書かれていた気はするが、あの時は一緒《いっしょ》に送られてきていた肖像画《しょうぞうが》に夢中でまったく気にも留《と》めていなかった……。やはり貴様の失態ではないか、ガイゼル・ヴェルシア‼』

『いや違《ちが》う！　俺の記憶《きおく》では、そもそも生まれた年月日の記載がなかったはずだ。ラシー王、貴様どれだけ凡庸《ぼんよう》であればこの最重要事項を書き忘れるというのだ……⁉　……っ、だがしかし、一年を共に過ごしていれば気づくことは出来たはず……！　やはり俺の……』

（い、いったいどうされたのですか⁉）

年齢を答えただけなのに、何故か父王にまで彼の怒《いか》りが飛び火してしまい、ツィツィーは訳も分からず狼狽《ろうばい》する。

やがてかつてないほど険《けわ》しい顔つきをしたガイゼルが、ツィツィーに向かって心の底から謝罪した。

「すまない。俺は……お前の十九の祝いを、忘れていた……」

「十九の祝い、ですか？」

「本当にすまない。出来れば今からでも盛大《せいだい》な宴《うたげ》の席を設けたいのだが――」

「お、お祝いって何のことですか？」

いまいち噛《か》み合《あ》わない会話に、二人はようやく「うん？」と首を傾げる。

「誕生日といえば、なにがしかの形で祝いの席を設けるものだろう」

「そうなのですか⁉　すみません、今までそういった経験がなくて……」

「……もしやラシーには、誕生日を祝う習慣がないのか？」

「はい。誕生日は単に年を数えるのに使う日付で——ガ、ガイゼル様!?」

両手で頭を抱《かか》え、しばらく無言のまま消沈《しょうちん》していたガイゼルだったが『落ち着け。過ぎてしまったことは仕方がない。いや仕方なくはないが過去に戻れるわけではない。戻れるものなら俺だって戻りたい』としつこいほど自らに言い聞かせ、はあと息を吐《は》き出《だ》してから顔を上げた。

「……誕生日はいつだ?」

「え? ええと、こちらで言うところの、五月十四日ですが……」

「分かった。覚えておく」

そう言うとガイゼルは気を取り直して、胸元《むなもと》から細長い箱を取り出した。

「過ぎた誕生祝いをこれで贖《あがな》えるわけではないが……まあ、ちょうどよかった」

「これは?」

「開けてみろ」

言われるままに包装を解いて蓋《ふた》を開ける。中には繊細《せんさい》な白金《はっきん》のチェーンと透《す》き通《とお》った空色の宝石で出来た、見事なペンダントが収められていた。

「わあ……! 綺麗《きれい》な色ですね……」

「レヴァリアで質のいいアトラシア・トルマリンが採掘《さいくつ》されたと聞いてな。視察に行ったついでに一つ作らせてきた。お前がくれた護符《タリスマン》の礼だ」

着けてみろと促《うなが》され、ツィツィーは銀の砂粒《すなつぶ》のようなチェーンを手に取ると慎重《しんちょう》に自身の首元へと回す。だが留《と》め具《ぐ》が小さいためか、なかなか上手《うま》く引っかからない。

（うう、いつもリジーに手伝ってもらっているので難しいです……）

振《ふ》り向《む》きつつ四苦八苦《しくはっく》するツィツィーを見て、ガイゼルが苦笑《くしょう》した。

「貸してみろ」

「は、はい」

言われるままに留め具を預け、正面を向いて俯《うつむ》く。うなじのあたりでちゃりちゃりと金属が音を立てるたび、ガイゼルの指先がツィツィーの首筋をかすめ――それだけでどんどん恥ずかしくなってきた。

（リジーに着けてもらう時は何ともないのに……）

やがてガイゼルの手が離《はな》れ、ツィツィーの首元に美しい水色の宝石が収まる。その煌《きら》めくような輝《かがや》きにツィツィーが感激していると、腰《こし》のあたりにガイゼルの両腕《りょううで》が伸《の》びてきて、そのままぐいっと体を後ろに引き寄せられた。

「ガ、ガイゼル様!?」

彼の腕《うで》の中にすっぽりと包まれるような体勢になってしまい、ツィツィーはあわあわと取り乱す。だがガイゼルは力を緩《ゆる》めるどころか、そのままツィツィーの肩口《かたぐち》に顔を近づけると軽く耳元に唇《くちびる》で触《ふ》れた。

「ひゃっ⁉　だ、だめです！　そんな……」

「昨夜は、そこまで嫌《いや》がっていないようだったが？」

（うう……！）

ちゅ、ちゅ、と鳥のさえずりのような短音がいくつも耳に入ってきて、ツィツィーは羞恥《しゅうち》に頬《ほお》を染める。だがこのままでは、いつ誰が応接室を訪《おとず》れないとも限らない――とツィツィーは必死になってガイゼルの関心をそらそうとした。

「そ、そういえば、あの護符はどうなったのですか？」

「ああ。幸い破損したのは回りだけだったからな。今修繕《リペア》に出している」

「すみません、わざわざ……」

「お前が俺にくれたものだ。当たり前だろう」

新婚旅行の道中、港町アルドレアで手に入れた青い宝石の護符。

普段《ふだん》ガイゼルからたくさんの贈《おく》り物《もの》を貰《もら》っている礼にとツィツィーが選んだ品なのだが、ラシーで危機に見舞《みま》われた際、彼の身代わりとなって壊《こわ》れてしまったのだ。

「でも良かったです。ガイゼル様がご無事で」

「そうだな。……あの時は本当に、お前まで傷つけられるのではないかと――」

ガイゼルの言葉がそこでふと途切《とぎ》れ、ツィツィーを抱《だ》き寄《よ》せる腕に力が込《こ》められた。

ツィツィーもまた、死をも覚悟《かくご》したワイン貯蔵庫での激闘《げきとう》を思い出し、体に回されたガイゼルの手《て》の甲《こう》を優《やさ》しく撫《な》でる。

「大丈夫《だいじょうぶ》です。ガイゼル様が守ってくださいましたから」

「ツィツィー……」

ツィツィーはガイゼルの手に自身の手を重ねたあと、腰を浮《う》かせてくるりと体の向きを変えた。ガイゼルがわずかに目を細めたのを合図に、二人の唇がゆっくりと近づく。

「――ん、……」

静寂《せいじゃく》に満ちた、二人だけの甘い時間が応接室に流れた。

やがてばちっと暖炉《だんろ》の薪《たきぎ》が爆《は》ぜる音がし、顔を離したツィツィーは恥ずかしそうに下を向く。するとガイゼルの指がツィツィーの頬に伸びてきて、再度上を向かされた。艶々《つやつや》と濡《ぬ》れた唇を愛おしむように、さらに深い口づけを求められる。

「ガイゼルさ、……っ……」

彼の胸元に置いていたツィツィーの指先が、酸素を求めるようにぴくりと浮いた。

だがガイゼルは「逃《に》がさない」とばかりにツィツィーの腰を引き寄せると、互《たが》いの体がぴったりと密着するまで抱きしめる。

彼からの愛情を懸命《けんめい》に受けとめていたツィツィーだったが、いよいよ全身から力が抜《ぬ》けていき、くたりとしなだれかかったあたりでようやくガイゼルが体を離した。

「ツィツィー……」

「ガイゼル、様……」

いつもであればこの辺で火急の案件《ランディ》が来るのだが、幸か不幸か今日に限って足音一つ聞こえてこない。熱を孕《はら》んだガイゼルの瞳《ひとみ》に見つめられ、ツィツィーは緊張《きんちょう》のままこくりと息を呑《の》み込《こ》む――

（ま、まさか、ここでなんて、そんなこと……）

どきん、どきんと心臓が大きく音を立てる。

だがツィツィーが覚悟を決めるよりも早く、ガイゼルが「ふっ」と笑《え》みを零《こぼ》した。

「どうした。物足りないような顔をして」

「え⁉　そ、そんな、ことは……」

「続きは今夜だ。……部屋で待っていろ」

耳元で低く囁《ささや》かれ、ツィツィーの顔が一瞬《いっしゅん》で朱《しゅ》に染《そ》まる。それを見たガイゼルは再び意地悪く口角《こうかく》を上げると、ゆっくりとソファから立った。

「まだ顔が赤い。しばらくここで休んでいけ」

「は、はい……」

指摘《してき》されたことでいっそう恥ずかしくなり、ツィツィーは熱くなった頰を両手で隠した。

ガイゼルはその様子を楽しそうに一瞥《いちべつ》し、王宮に戻るべく応接室の扉《とびら》に手をかける。

その刹那《せつな》、我慢《がまん》に我慢を重ねていた彼の『本心』が大波のように押し寄せた。

『見下げたぞガイゼル・ヴェルシア！　いくらツィツィーがあんなに小さくて可愛《かわい》くていじらしくて少し積極的でさらに心を許してくれているとはいえ、こんな誰が来るか分からないような場所で、一瞬でも不埒《ふらち》な行為《こうい》の続きを考えてしまうなど……！　ツィツィーのあの愛らしい顔を、他の誰とも分からん奴《やつ》に見られていいと思っているのか⁉』

（ガ、ガイゼル様……）

『ふっ……だがギリギリ理性が上回ったことだけは褒《ほ》めてやろう。なに、焦《あせ》ることはない。単に仕事を終えて本邸に戻ればいいだけのこと。新しい議案書の一つや二つ、半日で終わらせてみせる。その程度、今の俺には大した障害ではない』

（動機が不純でも、やる気になるのは良いこと……？）

仕事に対してただならぬ情熱を燃やすガイゼルを、ツィツィーははらはらと見送る。

だが話はそこで終わらず、なんと扉が閉まってからも廊下を移動する彼の『心の声』が少しずつ遠ざかる形で聞こえてきた。

『それから大至急、五月十四日を祝日にさせねばな』

（しゅ、祝日⁉）

『来たる二十歳《はたち》の誕生日は、祝うことが出来なかった十九の祝いも兼《か》ねて、国を挙げてそれはもう盛大に執《と》り行《おこな》わなければなるまい。招待客の選抜《せんばつ》にドレスのオーダー、贈り物はティアラのレヴァナイトと合わせた宝飾品一式《パリュール》などどうだろう。食事は山海《さんかい》の珍味《ちんみ》にとび

扇《あお》ぐのだった。

ツィツィーは喜び半分、恐ろしさ半分を抱えたまま、いまだ赤い頬をぱたぱたと両手で

来年の自分の誕生日に、何かとんでもないことが起きようとしている――

（な、なんだか、大変なことになっているような……）

きりの美酒《びしゅ》を――……』

こうして来月に行われる即位三年の式典に向けて動き始めたヴェルシアであったが――

ラシーから帰国して以来、ツィツィーの身にある変化が生じていた。

気づいたのは、とある朝のこと。

その日は同盟国の王太子妃《おうたいしひ》夫妻との昼食会が控えており、ツィツィーはリジーと共に自室で身支度《みじたく》を進めていた。

「妃殿下《ひでんか》、苦しくはありませんか？」

「ええ、ありがとうリジー」

ヴェルシアの冬をイメージした淡《あわ》いブルーグレーのドレスを身にまとい、ツィツィーは鏡の前でゆっくりと回転する。スカートの裾《すそ》に施《ほどこ》された銀糸《ぎんし》の刺繍《ししゅう》が雪の結晶《けっしょう》のようにきらきらと輝《かがや》き、リジーは満足そうに両手を合わせた。

「靴《くつ》はドレスに合わせたものをご用意しております。あとはアクセサリーですが……」

だがそこで、何故か普段より饒舌《じょうぜつ》なリジーの声が続いた。

『この前陛下から贈られたというペンダントがすごく合いそうだわ！　あっ、でもこの前の旅行で出せなかった大粒真珠《おおつぶしんじゅ》のイヤリングも見てみたいし……。あーもうどうしてツィツィー様はこんなに飾《かざ》りつけ甲斐《がい》があるのかしらっ……！』

（……!?）

ツィツィーはすぐさま振《ふ》り返《かえ》り、ぱちぱちと瞬《まばた》きながらリジーを見つめた。しかしリジーはきょとんとした様子で「どうされましたか？」と小首を傾《かし》げている。

「い、いえ！　ア、アクセサリーでしたね」

「はい。私としましては先日陛下がくださったアトラシア・トルマリンか、雪のイメージで真珠のイヤリングを着けるのはいかがかと」

「で、でしたらペンダントで……」

かしこまりました、と丁寧《ていねい》にペンダントを首に掛けてくれるリジーを鏡越《かがみご》しに見つめながら、ツィツィーは先ほどの声を思い出す。

（まさかさっきのは、リジーの『心の声』……？）

リジーが侍女《じじょ》についたばかりの頃、自身の指や体を動かして意図的に相手の心の声を聞く『受心《じゅしん》』を用いて、怯える彼女の本心を確認《かくにん》したことがある。だが言《い》い換《か》えれば『受心』を使わない限り、常日頃《つねひごろ》からリジーの心の声が聞こえるわけではない。

しかし先ほどは——まるでガイゼルからもたらされる『心の声』のように、はっきりと鮮明《せんめい》に聞こえてきた。

（どうしてリジーの『心の声』が？　もちろん相手の心の声が大きかったり、私の体調によって、稀《まれ》に他の方の声が聞こえたりすることもあったので、一概《いちがい》におかしいとは言い切れないのですが……）

幼少期に比べ、今のツィツィーは強かったその力が失われつつあった。

ゆえに相手の『心の声』を拾うには、意識的に『受心』をするか、ガイゼルの体を介《かい》して増幅《ぞうふく》するしか方法はなかったはずだ。

（何もせずに、こんなに聞こえるのはガイゼル様だけだったのに……）

わずかな不安を覚えたツィツィーだったが、部屋を移動したところでリジーの心の声はぱったりと途切れた。あまり時間に余裕がなかったこともあり、とりあえず「何かの加減《かげん》だろう」とその場は一旦《いったん》思考の隅《すみ》に置いておくことにする。

だがその会食の場で、いよいよ偶然《ぐうぜん》ではないと思わせる事態に直面した。

（ああ、お二人の顔色がみるみる……）

ツィツィーが顔を上げると、蒼白《そうはく》を通り越して土気色《つちけいろ》になった王太子夫妻の姿が目に飛び込んできた。

おそらく噂《うわさ》の『氷の皇帝』を前にして怯えているのだろう。

無理もない。始まりの挨拶《あいさつ》から今まで、彼は一切《いっさい》笑顔《えがお》を見せていないのだから。

（私も最初の頃は緊張していました……。ですが——）

隣《となり》で食前酒のグラスを傾《かたむ》けているガイゼルを、ツィツィーはこっそり覗《のぞ》き見《み》る。

『なんっ……という美しさだ……！　愛らしく結《ゆ》い上《あ》げられた銀の髪《かみ》に、水鳥のような細い首。宝石のような輝きの瞳。薔薇色《ばらいろ》の唇——。ツィツィーはまさにヴェルシアの生ける国宝だな。しかしこの位置からでは、ツィツィーの美しい姿を正面から見られないのが気に食わん。今後は配席を変えさせるか？　だが俺が向かいに座った場合、ツィツィーの隣に俺以外の奴が座るというわけで……。いかん。そこは絶対に譲《ゆず》れん……！』

（私たちが向き合っては、会食の意味がないと思うのですが……）

自分の見た目に恐れおののく王太子夫妻の本心など露知《つゆし》らず、ガイゼルの脳内は相変わらずツィツィーを賛美する言葉で埋《う》め尽《つ》くされていた。

いつもであれば大げさな『心の声』に苦笑しつつ、それとなく相手方にフォローを入れる——のだが、今のツィツィーは別の衝撃《しょうげき》に心を奪《うば》われていた。

（ここでも、聞こえます……！）

『さすが大国ヴェルシアの皇帝陛下……。あの鋭《するど》い目つき。ただならぬ威圧感《いあつかん》。まとう空気はもはや死線を越えてきた武人のそれではないか……。彼の不興《ふきょう》を買《か》った臣下は次々と失職、中には厳しい罰《ばつ》を与《あた》えられた者もいたと聞く。うっ、ダメだ。あまりの恐ろしさにとても食事が喉《のど》を通る気がしない……。だが我が国の同盟を維持《いじ》するためにも、ここは絶対に失敗出来ない――

『ガイゼル陛下……噂には聞いておりましたが、想像していた以上に恐ろしげなお方ですわ……。何をしてもご勘気《かんき》に触《ふ》れそうで、スプーンを持つ手の震《ふる》えが収まりません……そのように険しい顔つきで、いったいわたくしどもの何を見定めておられるのかしら――』

ガイゼルの『心の声』は、中身の違いはあれどいつもの通り。

だがどういうわけか、向かいに座る王太子夫妻の『心の声』までもが、はっきりとツィツィーの元に届いてくるのだ。

最初は、体の向きが悪くて『受心』してしまうのかもしれないと、椅子に座る位置をずらしてみたりもした。しかしその後も普通《ふつう》に話すのと同じ音量で、三人分の鮮明な『心の声』が聞こえてくる。

おかげでツィツィーはうっかり『心の声』の方に返事をしないよう、それぞれ表と裏の感情や話の流れを、多重副音声状態で把握《はあく》しなければならなかった。

会食を終え、自室に戻ったツィツィーは一人ソファに座り込んだ。

（どうしてこんなことに……）

だがよくよく考えてみると、こうした違和感《いわかん》を以前も覚えたことがある。

たしかラシーから帰国した直後――ふとした瞬間《しゅんかん》、傍にいたリジーのひとり言が聞こえたり、ガイゼルの隣にいたヴァンが心配そうな言葉を発していたりと、ちらほらと『心の声』が聞こえてきたことがあった。

その時は「たまたまだろう」とあまり気にしていなかったのだが――ここ数日、その頻《ひん》度《ど》が増している気がする。

（そういえばリナお姉様から贈り物をいただいた夜も、陛下のお気持ちだけではなく、考えているイメージがはっきりと分かりました……）

あの時はとにかく恥ずかしいばかりで記憶から削除《さくじょ》していたが、これまで相手の考えている想像が視覚化されたことは一度としてない。

（もしかして……『受心』の力が強くなっている……？）

その数日後、ついにツィツィーの疑心を裏づける出来事が起きた。

マルセルの設計した大型船がいよいよ本格的に建造されることとなり、その準備や確認のため二日ほど前からガイゼルは王宮に詰《つ》めていた。

本邸にいるツィツィーもまた一人でも役割をこなさねばと公務に励《はげ》み、教育係から新しい語学を習っていたところ──突然、それはそれは大きなガイゼルの『心の声』が聞こえてきたのである。

『っ……だめだ、もう……限界だ……!!』

(ガ、ガイゼル様!?)

『今日でもう三日……三日もツィツィーの顔を見ていない……!』

(え!?)

『極上《ごくじょう》の絹のような柔《やわ》らかい銀の髪に触れたい。輝く空色の瞳で俺だけを見つめてほしい。愛らしい唇に何度も口づけたい。あの可愛らしい声で「ガイゼル」と名前を呼んでほしい。穢《けが》れ一つない新雪のような肌《はだ》に俺の――』

「そ、それ以上はだめです!!」

思わず叫《さけ》んだツィツィーを前に、教育係はぱちくりと目をしばたたかせる。

「し、失礼いたしました。少々、進むのが早かったですかね?」

「あ、ち、違うんです! その、先生のことではなくてですね」

しどろもどろでうろたえるツィツィーだったが、その顔は赤くなったままいっこうに収まる気配がない。それを察した教育係はぱたんと教本を閉じた。

「いえ、あまり無理をされてもよくありませんので、今日はこの辺でやめておきましょう。陛下のご公務も夕方には落ち着かれると聞いておりますので、あとはお二人でゆっくりされてはいかがでしょうか？」

「す、すみません、ありがとうございます……」

気を利《き》かせてくれた教育係は笑顔《えがお》で「それでは」と退室した。

ツィツィーは広げていたノートを閉じながら、恐る恐る王宮の方を意識して耳を澄《す》ます。

幸いガイゼルの鬱憤《うっぷん》が晴れたのか、先ほどのような赤裸々《せきらら》な告白は聞こえてこなかった。

（まさか、この距離でもガイゼル様の『心の声』が伝わってくるなんて……）

最近聞こえてくるようになったリジーやヴァンのそれとは違い、彼の『心の声』は初めて会った時から『だだ漏れ』ではあった。

だが柱や壁といった遮蔽物《しゃへいぶつ》や、ある程度の距離があると途切れてしまうため、近くにいる時だけ気をつけていれば良かったのだ。

しかし今二人がいるのは本邸と王宮。

様々な障害物が無数に存在し、相当離れているはずなのに、しっかりとガイゼルの『心の声』が聞こえてきた。ここまで来ると、もはや「気のせい」ではすまされない。

（そういえば以前、ガイゼル様が廊下に出られてからも『心の声』が聞こえたことがありました。あの頃からすでに力が強まっていたのでしょうか……）

疑念が、はっきりとした確信に変わっていく。

言いようのない不安に襲《おそ》われ、ツィツィーはたまらず胸元をぎゅっと握《にぎ》りしめた。

その日の夜。

教育係の言っていた通り、ガイゼルが久しぶりに帰邸《きてい》した。

いつものように二人でベッドに入ったものの、昼間に彼の恥ずかしい『欲求』を聞いているツィツィーはどうしても緊張してしまう。

(や、やっぱり、その、するのでしょうか……)

あれから何度かそうした行為は重ねたが、どういう時にするものか、世間一般《せけんいっぱん》の夫婦はいつするものなのか——いまいちよく分かっていない。

やがてガイゼルの手がツィツィーの背中に回されたかと思うと、ぎゅうっと愛おしむように抱きしめられた。彼の優しい匂《にお》いに包まれながら、ツィツィーはどきどきと身構える。

だがいつまで待ってもガイゼルは動かず、不思議に思ったツィツィーは恐る恐る上を向いた。すると彼はその長い睫《まつ》毛《げ》を伏《ふ》せて、気持ちよさそうに熟睡《じゅくすい》している。

(相当お疲《つか》れだったのですね……)

安堵《あんど》と、ほんの少しだけ残念な気持ちを抱えつつ——ツィツィーは彼の広い胸板《むないた》に額を押しつけ、幸せそうに目を閉じるのだった。

◆

気がつくと、ツィツィーは知らない建物の中に立っていた。

お城のようだが、長年打ち捨てられていたのかあちこちボロボロだ。崩落《ほうらく》した天井《てんじょう》の隙間《すきま》からは見事な星空が覗《のぞ》いており、ツィツィーは夜闇《やあん》の中、左右に堆《うずたか》く積まれた瓦礫《がれき》の間を歩いていく。

（ここはいったい、どこでしょう……？）

頭は霞《かすみ》がかったかのようにぼんやりしており、ツィツィーは目的もなくとぼとぼと足を進める。わずかな違和感を覚えて視線を落とすと、身にまとっているのは今宵《こよい》選んだナイトドレスではなく、見たこともない純白の衣装だった。

さらにツィツィーは胸元で輝く青い石に目を留める。

（これ……どこかで……）

透き通った青色の宝石。上部につけられた金具に紐《ひも》を通しただけ、というシンプルなペンダントだ。

既視感《きしかん》の正体を思い出そうとするがどうしても分からず、ツィツィーは一旦《いったん》考えるのを諦《あきら》めて城外へと進む。

やがて城壁《じょうへき》らしき石組《いしぐみ》と、その角部に造られた円塔《えんとう》へとたどり着いた。外側はかなり風化《ふうか》していたが、中にある螺旋《らせん》階段には問題がなく、ツィツィーはまるで何かに導かれるように上へ上へと上《のぼ》って行く。

（最近もこうして、どこかの塔を上ったような……）

やがて最上部――外に出たところで、ゆっくりと周囲を見回した。

（広い森に囲まれているわ……。綺麗なところ……）

まるでラシーの夏に吹くような涼《すず》やかな夜風を受け、ツィツィーは気持ちよさに目を細める。だが突然背後から嫌な気配を感じ、慌てて振り返った。

ツィツィーが上って来た塔の扉がぎいと開き、見知らぬ男性が姿を現す。

「ここにいたんだね。『――』」

（誰……？）

名前を呼ばれた気がするのだが、何故か上手《うま》く聞き取れなかった。

それどころか相手の顔がはっきりと認識《にんしき》出来ない。

視線を合わせているつもりなのに焦点《しょうてん》が定まらず、かろうじて男性だということは分かるが、存在感がないというか――

（どうしてかしら……。ちゃんと目の前にいるはずなのに……）

心なしか息が苦しくなってきて、ツィツィーは顔色を悪くしたまま視線を床《ゆか》に落とした。

それを見た男性は静かにこちらに歩み寄り、どこか満足そうに微笑《ほほえ》む。

「ああ、そろそろだね。大丈夫、もう少しだから」

「もう……少し？」

「うん。君が僕の『花嫁《はなよめ》』になる日まで――」

だが男性の言葉は、ぐ、という息が詰まる音で途絶えた。

不思議に思ったツィツィーが顔を上げると、男性が正面からどさりと倒《たお》れ込《こ》んでくる。

慌てて受けとめたツィツィーだったが、その背が真っ赤な血潮《ちしお》に染まっていることに気づき、がたがたと身震《みぶる》いした。

（血が……どうして……）

すると二人の頭上に、ふっと巨大《きょだい》な影がかかった。ツィツィーは恐怖に駆られながらも必死に仰《あお》ぎ見《み》る。そこに立っていたのは、自分が誰よりも知る人物だった。

「ガイゼル、様……？」

鍛《きた》え上《あ》げられた長軀《ちょうく》。見た目よりもずっと柔らかい黒髪《くろかみ》。美しい青紫色《あおむらさきいろ》の瞳。

すべてのものが、愛するガイゼル・ヴェルシアであることを如実《にょじつ》に表していた。

しかし彼の手には、養父から贈られた黒い短剣《たんけん》が握られており――その切っ先から、先ほど誰かを貫《つらぬ》いた証《あかし》である生血《なまち》が、ぽたり、ぽたりとしたたり落ちている。

「ガイゼル様、どうしてこんな……どうして……」

ツィツィーは名も知らぬ男性を抱いたまま、何度もガイゼルに向かって尋ねた。しかしその眼差《まなざ》しに光はなく、どれだけ叫んでも一切《いっさい》耳に入っていないかのようだ。

やがてガイゼルは血のついた短剣を放り捨てると、ツィツィーの顎《あご》に手を伸ばして無理やりに上向かせた。いつもであれば安らぎを感じるはずの彼の手が、まるで氷のように冷たく感じられ――ツィツィーは恐ろしさのあまり、抵抗《ていこう》する気力すら失ってしまう。

(いや……ガイゼル様……!)

添《そ》えられた指から、強い鉄の臭《にお》いがする。

やがてガイゼルの顔が、ツィツィーの唇へと近づき――

◆

「ツィツィー、しっかりしろ!」

「――っ!?」

次の瞬間、ツィツィーは弾《はじ》かれたように目を覚ました。

全身は汗《あせ》でびっしょりと濡れており、あたりが真っ暗なことから思わずぎゅっと身を硬《かた》くする。

やがて耳元で心配そうなガイゼルの声が響《ひび》いた。

「大丈夫か？」

「ガ、ガイゼル、様……」

「ひどくうなされていたようだったが、悪い夢でも見たか？」

「夢……」

（そうか……あれは夢だったのですね……）

分かると一気に緊張が解け、ツィツィーは大きく息を吐き出す。

だが夢で見たガイゼルの恐ろしい姿を思い出してしまい、不安になったツィツィーは彼がいつも通りのガイゼルかを確かめるように、そろそろとその体に両腕を回した。

「ツィ、ツィツィー？」

「あ、その……ガイゼル様が本物か、心配で……」

口にしたあとで「私はいったい何を言っているのかしら」と顔を赤くする。しかしガイゼルは訝《いぶか》しむどころか、ツィツィーを抱く手に力を込めると「ふっ」と笑った。

「安心しろ。俺は本物だ」

「ガイゼル様……」

「怖《こわ》いのなら、眠《ねむ》くなるまでずっとこうしておいてやる」

ガイゼルは自身の額をツィツィーの頭にこつんと当てたあと、乱れていた髪を優しく整えてくれた。彼の長い指で触れられるのは心地《こ こ ち》よく、次第《しだい》にツィツィーの心も落ち着いていく。

(良かった……いつものガイゼル様です……)

しかし本当に嫌な夢を見てしまった。

名状しがたい不安を抱えつつも、ツィツィーはガイゼルの頼《たの》もしい腕の中で、再びうとうととまどろみ始めるのだった。

だがその後もツィツィーの状態は悪化する一方だった。

リジーの『心の声』はもはや毎日のように聞こえるようになり、お茶会をすれば公爵《こうしゃく》夫人《ふじん》らの思惑《おもわく》がすべて分かってしまう。

教育係の『今日の夕食はなんでしょうねえ』という独り言も伝わってくるし、エレナはなんでもない顔をしながら『どのくらいまでなら攻めても大丈夫かしら……』と、とんでもないドレスのデザイン案を練《ね》っていた。

まるで全員がガイゼルと同じ『だだ漏れ』状態になってしまったかのようだ。

(どうしましょう、心の声を聞いてはいけないと分かっているのに、勝手に……!)

ツィツィーとしても申し訳ない気持ちになるため、出来るだけ面会の予定を減らしてもらったり、部屋ではなるべく一人にしてもらったりと工夫《くふう》した。

近い距離で面と向かわなければ伝播《でんぱ》しなくなることが大半だったため、とりあえずはそれで落ち着くと思っていたのだが――

（――ダメです！　ガイゼル様の『声』だけは逃げられません！）

力が強まった結果、もともと何もせずとも聞こえていたガイゼルの『心の声』がついに王宮内のどこにいても分かるようになってしまった。

さすがに視察に出ている間は静かだが、王宮で執務中のふとした瞬間、ガイゼルの鬱積《うっせき》した『思い』が本邸にいるツィツィーの元に届くのである。

『イシリスとの国境警備強化か……。そういえばツィツィーと初めて出かけたのもあのあたりだったな。年が明けたらまたナガマ湖に月を眺《なが》めに行くか。無論、今回は朝から晩までツィツィーと共に――』

『オルトレイの騎士団駐屯地《ちゅうとんち》に新設した病院も順調だな。ラシーの一件からツィツィーも医療《いりょう》に強い関心を持ったようだし、視察も兼ねて一度慰問《いもん》に訪れてみるのもいいかもしれん。ふっ……「本物の天使が来た」と医師と患者《かんじゃ》たちが騒然《そうぜん》とならなければいいが……』

『くっ、まずい……！　ランディの奴、最近また持って来る仕事の量を増やしているんじゃないか⁉　このままでは本邸に帰って、ツィツィーと二人だけで過ごす最高に幸せな時間が削《けず》られてしまう！　何としてでも終わらせなければ……』

（た、助けてください……‼）

二人でいる時に漏れ聞くだけでも照れてしまうのに、こんなに四六時中《しろくじちゅう》発信されてはツィツィーもさすがにたまらない。

帰邸した時の出迎《でむか》えも今までは普通に出来ていたのに、ガイゼルの顔を見た瞬間、日中のあれそれが脳内で一気に再生されるようになってしまった。おかげで最近は顔を上げることすら恥ずかしい。

（私……本当にどうしてしまったのでしょう……）

おまけに、あの恐ろしい悪夢も毎晩のように見るようになった。

場所はいつも同じ、森の中の古城。

最初のうちは顔の分からない——でも『大切に思える誰か』——と穏《おだ》やかな時を過ごしている。するとそこにいつもガイゼルが現れ、ツィツィーの目の前でその『大切な誰か』を斬り捨《き》《す》てるのだ。

夢の中のツィツィーは怯え、たまらず血に染まった彼の元から逃げ出す。

しかしその後も背後からずっと誰かに見られている視線を感じ——全身汗みずくになって目覚めるのだ。

（あれは夢……。現実のガイゼル様とは関係ないですし、そもそもガイゼル様が理由もなくそんなことをするはず——）

頭では理解しているものの感情が追いつかず、ここ最近は彼が目の前で人を殺す姿を見たくないと、ツィツィーは夢が始まると急いでその場から離れるようにしていた。

しかし恐ろしい気配は常にどこかからツィツィーを監視《かんし》しており、その目からなんとか逃《のが》れようと、ツィツィーは毎夜必死に走り続ける。

（いったい、どうすれば……）

同衾《どうきん》しているガイゼルも異常に気づき、医師や薬師《くすし》、安眠《あんみん》に良いという香《こう》や寝具《しんぐ》などありとあらゆる解決法を模索《もさく》してくれた。

しかし悪夢が止《や》むことはなく——意図しない『受心』と慢性的《まんせいてき》な睡眠不足《すいみんぶそく》とで、ツィツィーは少しずつだが確実に消耗《しょうもう》していった。


一カ月後。ガイゼルの即位三年を祝う式典の日。

着替《きが》えや休憩《きゅうけい》のために準備された王宮の一室で、礼装をまとったガイゼルが鏡台の前に座るツィツィーに再度確認した。

「……本当に大丈夫か？」

「大丈夫です。大事なお祝いの日ですし」

「しかし……」

『くっ……だから無理をするなと言うのに……！　だがツィツィーの気持ちを無視するのもはばかられる……。出来るだけ早急《さっきゅう》に終わらせるしかない……』

(ガイゼル様……)

ツィツィーは疲労《ひろう》をごまかすように微笑むと、後ろにいたリジーに向かって「お願いします」と声をかけた。リジーは宝物庫から運んできたティアラを手に取ると、ツィツィーの頭上にそろそろと掲《かか》げる。その顔にはやはり同様の不安が滲《にじ》んでいた。

『妃殿下……すこしお痩《や》せになったような……。でも誰よりもこの式を楽しみにしておられたし……』

「……出来ました。どうぞ、お確かめくださいませ」

(ありがとう、リジー)

表情には出さないながらも、心配で胸をいっぱいにしているリジーに心の中だけで感謝を述べ、ツィツィーは鏡に映る自身を真《ま》っ直《す》ぐに見つめる。

品の良い薄紫色のドレスに白のロンググローブ。頭上には青紫《あおむらさき》のレヴァナイトを据《す》えたティアラがきらきらと輝いている。ツィツィーはそれらを確認すると、気持ちを落ち着けるようにすうっと息を吸い込んだ。

(大丈夫。少し皆様《みなさま》の前に出るだけで、会食は室内ですし――)

せっかく国を挙《あ》げてガイゼルを祝ってくれる日だというのに、皇妃が不在では要《い》らぬ憂《ゆう》慮《りょ》や疑念を持たせてしまいかねない。ツィツィーはそっと椅子から立ち上がると、ガイゼルの元へと歩み寄った。

「それでは陛下、皇妃殿下。こちらへ――」

儀典長の先導に従い、長い廊下を渡っていく。

やがて中庭全体を見渡《みわた》せるバルコニーに到着《とうちゃく》し、二人はゆっくりとその場に立った。

特別に解放された敷地《しきち》には、この佳《よ》き日《ひ》を祝うため多くの国民が集まっており、皇帝夫妻の姿を見つけるや否《いな》や「おおおっ」という歓声《かんせい》や割れんばかりの拍手《はくしゅ》が巻き起こる。

ガイゼルと並び立ち、たおやかに手を振っていたツィツィーだったが――内心は想像していた以上のダメージを受けていた。

『ガイゼル陛下、なんと凛々《りり》しい佇《たたず》まいだ。一時期はどうなることかと思ったが、イエンツィエ事変《じへん》の時の活躍《かつやく》は目覚ましかったというし――』

『皇妃殿下、結婚式の時と変わらずお美しいわねえ。今日もやっぱり「Ciel Etoile《シエル　エトワレ》」のドレスかしら？　あたしも一度でいいから着てみたいわ……！』

『確かに立派だが、やっぱり俺はディルフ陛下の豪胆《ごうたん》さが好きだったな。皇帝夫妻にはもっともっとヴェルシアのために貫禄《かんろく》をつけてもらわないと』

『氷の皇帝というからどんな化け物かと思ってわざわざ見に来たが……。ただの色男じゃねえか、くそっ』

（……っ……『声』が……！）

バルコニーと中庭には十分な高低差があるとはいえ、間に遮蔽物がない状態で『心の声』を防ぐことは出来なかったようだ。ツィツィーの耳には喜びや祝意《しゅくい》だけでなく、政治への不満、悪気はなくとも不躾《ぶしつけ》な評価《ひょうか》など、様々な感情が次から次へと聴《き》こえてくる。

(いけません、しっかりしないと……)

襲い来る『心の声』から、ツィツィーは必死になって意識をそらす。

言葉を聞いてはいけない。意味を理解してはいけない。

ただ音として受け流さなければ――

(頭が……痛い……!)

略取《りゃくしゅ》された姉・リナの居場所を捜すため、ツィツィーはラシーで多くの『心の声』を受け止めた経験がある。あの時も耐《た》えがたい苦痛に見舞われたが、今回もそれと同じ――いや、それ以上かもしれない。

(だめです……ここで倒れるわけには……!)

やがてガイゼルが国民に対する深い感謝と、ヴェルシアの変わらぬ栄光を声高らかに宣言し、式典は大成功のまま終了《しゅうりょう》した。ツィツィーはふらふらになりながらも、不調を悟《さと》られないよう静かに微笑みを浮かべる。

(良かった……。何とか、耐え切れました……)

ガイゼルに続き、ツィツィーもすぐにバルコニーから王宮内へと戻る。このあと招待客らとの晩餐《ばんさん》が行われる予定だ。

額に脂汗《あぶらあせ》を浮かべるツィツィーに気づいたのか、ガイゼルがいよいよ険しい顔で制止する。

「ツィツィー。お前はもう休め」

「で、ですが……」

「あとは俺が出る。いいから部屋で――」

だがその言葉を聞き終えるよりも早く、ツィツィーの視界が大きく歪《ゆが》んだ。

（あ――）

ついに立っていることすら叶《かな》わなくなり、ツィツィーはふらりとくずおれる。

ガイゼルはツィツィーの体を慌てて受けとめると、必死になって呼びかけた。

「ツィツィー？　しっかりしろ、おい！　――すぐにベッドの準備をしろ、俺が運ぶ！

ツィツィー、しっかりしろ……！」

（ガイゼル、様……）

どこか遠くで、ばたばたとせわしない足音が聞こえる。

ガイゼルに抱きかかえられたツィツィーは、真っ暗な奈落《ならく》の底《そこ》に落ちていくようにそのまま意識を失った。

（ここは……）

ツィツィーがようやく目覚めると、窓の外はとっくに日が落ちていた。

わずかな月明かりを頼《たよ》りに体を起こす。こめかみのあたりがずきっと痛み、ツィツィーは指でその部位を押さえながらゆっくりと室内を見回した。

（そうでした、私……倒れて……）

ベッドの近くには付添人《つきそいにん》用の椅子があったが、今は席を外しているのか誰の姿もない。

少し視線を動かすと、枕元《まくらもと》のサイドテーブルに昼間身に着けていたティアラが置かれており、ツィツィーはそっと手を伸ばした。

（本当に……どうしてしまったのでしょう……）

するとツィツィーの指先からぼんやりとした水色の光が零れ、ティアラの中央にあるレヴァナイトの表面を薄《うす》く覆《おお》った。驚いたツィツィーは素早《すばや》く手を引っ込めたが、輝きはなおもそこに留《とど》まったままだ。

「……？」

直後、部屋の奥から知らない男性の声がした。

「ツィツィー様。ご寝所《しんじょ》への参上、どうかご容赦《ようしゃ》ください」

「――！」

ツィツィーがすぐさま顔を向けると、そこには細身の男性が立っていた。

身長はガイゼルより少し低く、白い肌に緑がかった長くて真っ直ぐな黒髪。顔には片眼鏡《モノクル》があり、まるで聖職者や学者を思わせる怜悧《れいり》な面立《おもだ》ちだ。まとう衣装も祭司《さいし》めいたもので、ツィツィーは警戒心《けいかいしん》を露わにしたまま恐る恐る男性に尋ねる。

「あなたは……」

「この姿ではお分かりいただけないのも当然だと思いますが……ツィツィー様、わたくしです。レヴィでございます」

「レヴィ……？」

その名前を聞いたツィツィーは、すぐに白いアザラシを思い浮《おも》か《う》べた。

わずかに緊張がほぐれたのを察したのか、レヴィは「はい」とにこやかに微笑む。

「以前は力が足りず、あのような体《てい》しか取れませんでしたが……。ようやく本来の姿形に戻ることが出来ました。これもすべては『王妃様《おうひ》』のお力が強まったおかげ。心より感謝申し上げます」

そう言うとレヴィは恭《うやうや》しくその場に跪《ひざまず》いた。差し込む月明かりの下、ただ黙《だま》って頭《こうべ》を垂《た》れる彼の姿は、本当に王妃に対する恭順《きょうじゅん》を示しているかのようで——ツィツィーは慌てて否定する。

「ま、待ってください！　私には何のことか……」

「何、とおっしゃられましても。ツィツィー様は『王妃様』ではございませんか」

「……王妃？」

「その類《たぐい》まれなるお力が何よりの証拠《しょうこ》。思えば、我が弟と再会させてくださった優しいお心遣《こころづか》い。あの時からすでに『王妃様』としての片鱗《へんりん》を――」

（レヴィは……いったい何の話をしているの？）

しかしよくよく考えてみれば、レヴィは初めて出現した時からツィツィーのことを『王妃様』と呼んでいた。

その時は「皇妃」と間違《まちが》えたのだろうと思っていたのだが――もしかしてレヴィは本当に最初から、ツィツィーのことを『王妃』として認識していたのだろうか。

「……レヴィ、先ほどから口にしている『王妃』とは誰のことですか？」

「それはもちろん、我が国の王妃殿下――リステラリア様のことです」

（リステラリア……？）

だがツィツィーがレヴィに問い返そうとするより早く、暗がりの中にあった扉が突然開いた。灯《あか》りと共に入室して来たガイゼルと、その背後に従うリジーの姿に気を取られているうちに、レヴィはいつの間にか姿を消してしまう。

「ツィツィー、気がついたか」

「陛下……」

すぐに室内にも灯りが点《とも》され、ツィツィーは改めてレヴィの姿を捜した。

しかしどこかに隠れている気配はなく――ツィツィーはじっとティアラのレヴァナイト

を見つめる。

（あれが、レヴィの本当の姿……）

ガイゼルが、ベッド脇《わき》にあった椅子に腰を下ろしながら尋ねた。

「気分はどうだ。吐き気や悪感《おかん》は？」

「大丈夫です。それよりすみません、会食や夜会を欠席してしまい……」

「ランディを引っ張り出したから問題ない。文句を言いながらも、必要な会談や交渉はまとめていたようだ」

「そう……でしたか……」

どことなくぎこちない空気が二人の間に流れ、ツィツィーはいよいよ言葉に詰まる。

気を遣《つか》ったリジーが「侍医《じい》を呼んでまいります」と場を離れると、ガイゼルがベッドの上にあったツィツィーの手をそっと握り込んだ。

「……俺が悪かった」

「え？」

「やはり無理やりにでも、お前を休ませておくべきだった。ここしばらく、あまり眠れていないのは知っていたというのに……」

「へ、陛下のせいではありません！　私が参加したいと我儘《わがまま》を言っただけで」

「しかし……」

「私なら大丈夫ですから」

ガイゼルに心配をかけないよう笑ってみせたツィツィーだったが――バルコニーで襲われた『心の声』を思い出してしまい、すぐに口をつぐんだ。繋《つな》いでいる手が知らずがたがたと震えている。

（どうしよう……）

いつまでも力が弱まらなかったら。

これからもずっと、人々の本音に曝《さら》され続けるのだとしたら。

（大丈夫、きっと、大丈夫……）

懸命《けんめい》に自身に言い聞かせる。

するとガイゼルはゆっくりと椅子から立ち上がり――怯えるツィツィーの体を力強く抱きしめた。

しっかりとした両腕に囲まれ、ツィツィーはぱちぱちと目をしばたたかせる。

「へ、陛下？　あの……」

「嘘《うそ》をつくな」

「う、嘘なんて、私……」

「お前は分かりやすすぎる。……以前、勝手にラシーに戻ったお前を迎えに行った時も『泣いていない』と強がっていただろう」

「あ、あの時は……」

一年前の『離婚騒動《りこんそうどう》』を指摘され、ツィツィーはかあっと頬を赤らめる。

当時もツィツィーは「これが陛下のため」「他に大切にすべき人がいる」などと心にもないことを口にした。だがガイゼルはそれらがツィツィーの本心ではないことをすぐに見《み》抜《ぬ》き、しっかりと自身の気持ちを言葉にしてくれたのだ。

「泣きたければ好きなだけ泣け。……あの時からお前の涙《なみだ》は、俺がすべて受けとめると決めている」

「陛下……」

「ガイゼル、だ」

そう言うとガイゼルはベッドの端《はし》に腰かけ、再び優しくツィツィーの体を引き寄せた。

自分よりわずかに高い体温。眠る時いつも隣にいる匂い。

衣服越しに聞こえるどくん、どくんという彼の鼓動《こどう》を耳にしたツィツィーは、堪《こら》えていた涙をついに溢《あふ》れさせた。

「ガイゼル、さま……」

両手をぐっと握りしめ、ガイゼルの胸元に額を押し当てる。一度赦《ゆる》しを得た涙腺《るいせん》は止めどなく、抱き合う二人の間を透明《とうめい》な雫《しずく》がいくつも零れ落ちた。

やがて小さくしゃくり上げながら、ツィツィーはようやく少しだけ顔を離す。

「すみません、せっかくのお衣装が……」

「気にするな。公務はもう終わっている」

ふっ、と鼻で笑うガイゼルの軽口が心地よく、ツィツィーもまたつられるように口元をほころばせた。そうっと彼の体を押し離すと、泣《な》き腫《は》らした目でガイゼルを見上げる。

美しい青紫の瞳を前に、ツィツィーはこくりと息を呑《の》み込《こ》んだ。

（言う時が、来たのかもしれません……）

本当はもっと早くに打ち明けるべきだった。

嫌《きら》われるのが怖くて、別れようと言われることが恐ろしくて、どうしても告白出来なかった。

だがこのまま黙っていたら、きっとまたガイゼルに迷惑《めいわく》をかけてしまう。

（大丈夫、ガイゼル様なら――）

ツィツィーは意を決し、震える声で言葉を紡《つむ》いだ。

「ガイゼル様。聞いていただきたいことが、あります……」

「何だ」

「私……人の『心の声』が聞こえるんです」

二人だけの居室に沈黙《ちんもく》が落ちる。

ツィツィーは一瞬続きをためらったが、下唇《したくちびる》をぐっと噛みしめた。

「昔から、そういう力があったんです。だからお母様にも嫌われていて……。でも年を重ねるごとに少しずつ、聞こえなくなっていた、はずなんです……。それなのに……最近になってまた、たくさん、たくさん響いてくるようになって……」

「……」

「おかしい、ですよね。こんなの……。でも私にも原因が分からなくて、そのうえ変な夢まで見るようになってしまって……。だから昼も夜も、全然気持ちが落ち着く時間がなくて、それで――」

何かに言い訳するかのように、言葉が次から次へと込み上げてくる。

だが口にすればするだけ『虚言《きょげん》』であることの証明にも思えて、ツィツィーは途中《とちゅう》で一度言葉を呑み込んだ。

（こんなこと、信じていただけないかもしれない……。体調の悪い理由が『心の声が聞こえるから』だなんて……。普通に考えてもおかしいもの……）

しかもそんな理由で公務が出来ないなど、ふざけていると言われても仕方がない。いっそ皇妃の座から去ることも――とツィツィーは震える手をぎゅっと握りしめる。

だがガイゼルは小さく笑うと、抱きしめる腕に力を込めた。

「では、ここから逃げ出すか」

「……え？」

「周囲に人がいると『心の声』が聞こえるんだろう？　じゃあ俺たちだけで、他に誰もいない土地に行けばいい」

突拍子《とっぴょうし》もない提案に、ガイゼルの腕の中にいたツィツィーはぶんぶんと首を振る。

「ガ、ガイゼル様がおられなくなったら、この国は大変なことになります！」

「そうか？　最近はランディも少しやる気になったし、議会もおとなしいぞ」

「そういう問題ではありません！　ガイゼル様はこの国の――」

「お前が妃《きさき》でないのなら、俺は皇帝の座を捨てる」

はっきりと言われた言葉に、ツィツィーは改めてガイゼルを仰《あお》いだ。

その顔に嘘や冗談《じょうだん》の色はなく、戸惑《とまど》っているような『心の声』も一切聞こえてこない。

「おおかた、今の自分では皇妃の役目は無理だと考えているんだろう？」

「そ、それは……」

「お前が、俺を嫌いになって別れるというのであればやむを得ん。だが俺のためを思って身を引こうとするのはやめろ」

「ガイゼル、様……」

「頼むから……何もかも一人で抱え込まないでくれ」

最後の言葉は、普段の尊大な彼からは想像も出来ないような弱々しさだった。

ツィツィーはそのすべてを噛みしめるように、そうっとガイゼルの背中に手を回す。

固くて大きな体。今まで何度も助けてもらった。救ってもらった。

そして今この時も——

「ありがとうございます……ガイゼル様……」

やがてひとしきり抱擁《ほうよう》を終えたのち、二人は静かに体を離した。

ガイゼルがわずかにこちらを覗き込んだのを合図に、ツィツィーは誘《いざな》われるように彼の唇に口づける。そっと顔を離したところで、長い睫毛に涙の粒《つぶ》を残したまま、ツィツィーはゆっくりと瞬いた。

「少しは落ち着いたか？」

「は、はい……。申し訳ありません、こんな、恥ずかしいところを……」

「ふっ、構わん。お前の泣き顔を見るのは慣れている」

あっさりとした返しに、ツィツィーは以前もこんなことがあったと思い出した。

（そういえば以前、私が「精霊が見える」と打ち明けた時も、こうして信じてくださった……）

あの時もガイゼルは「他の誰が何と言おうと、俺はお前のすべてを信じよう」と言ってくれた。事実今回も何一つ疑うことなく、ツィツィーの告白を聞いてすぐに「誰もいないところに行こう」と応じてくれたのだ。

（良かった……。ああでも、これまでのことは、きちんと謝らないと――）

だが考えをまとめようとした途端《とたん》、ひどい頭痛がツィツィーを襲った。

落ち着きかけていた思考が一気に散り散《ちぢ》りになり、ツィツィーは無意識にぎゅっと身を竦《すく》ませる。

それを見たガイゼルが、再び強くツィツィーの体を抱きしめた。

「無理をするな。今はゆっくり休んでいろ」

「も、申し訳、ありません……」

そう言うとガイゼルは、そっとツィツィーの頭に手を伸ばす。

乱れた前髪《まえがみ》をかき上げ、露《あら》わになった額に触れるだけのキスを落とした。

「心配しなくていい。お前の苦しみは、この俺が絶対に取《と》り除《のぞ》いてやる」

「はい……ガイゼル様」

口づけられたところがじんわりと熱を持つようで――ツィツィーはもう一度、自らの異変と闘《たたか》う覚悟を決めたのだった。

だがどれほど著名《ちょめい》な医師を招いても、ツィツィーの状態はいっこうに改善しなかった。

皇妃としての公務や学習を減らし、出来るだけ一人静かにいられるようガイゼルが取り計らってくれたものの――当のガイゼルの『心の声』が、どこにいてもツィツィーの耳に飛び込んでくる。

『ツィツィー……最近は食事もあまりとれていないと聞いた。リーデン商会に言って、ラシーの果物を片《かた》っ端《ぱし》から取り寄せるか？』

『どいつもこいつも「お体には問題なし」だと？　ツィツィーがあんなに苦しんでいるのに何もないわけがあるか！　藪医者《やぶいしゃ》どもめ、その目に入っているのはガラス玉か‼』

『やはりどこか人が少ないところに移動するか……。イシリスの山間《やまあい》か、アインツァものどかな場所だと聞いている。周囲の環境《かんきょう》が変われば、少しはツィツィーの心労も和《やわ》らぐか――』

（ガイゼル様……申し訳ありません）

方途《ほうと》を尽《つ》くすも、やはり決定的な解決には至らず――自室のベッドに腰かけていたツィツィーはシーツをぎゅっと握りしめた。するとこんこんと控えめなノックの音が響き、おずおずとリジーが顔を覗かせる。

「妃殿下、ヴァン様とマルセル様が見えられたのですが……。どうされますか？　お辛《つら》いようでしたらお断りいたしますが……」

「……いえ、大丈夫です。お通ししてください」

ツィツィーはベッドから立ち上がって上着を羽織ると、ふらつく足取りで隣の部屋へと向かった。どこか恐縮《きょうしゅく》した様子の二人にソファを勧《すす》めると、すぐにリジーが三人分のお茶を出してくれる。

「すみません、お見苦しい格好で」

「こちらこそご不例《ふれい》の中、申し訳ございません。実はその……マルセル殿《どの》がどうしても、皇妃殿下にお伝えしたいことがあると」

「マルセル様が？」

　突然水を向けられたマルセルは、手にしていたカップを取り落としかけた。

「は、はい！　その……皇妃殿下は悪夢にうなされているとお聞きしましたが、それは本当でしょうか？」

「……はい。いつも同じような夢で、何度も……」

「それでしたら……一度、リヴ・モナに行かれてみてはいかがでしょう？」

「リヴ・モナ？」

　国名を聞いたツィツィーは思わず首を傾げた。

　初めて聞いたからではない。その国はちょうどラシーと国境を接しており——先般《せんぱん》の騒《そう》動《どう》で、水の分析《ぶんせき》を依頼《いらい》した大学がある有名な学術国家だったからだ。

　不思議そうな顔のツィツィーとヴァンに見つめられ、マルセルはカップを両手で持ったままあわわわと顔を赤くする。

「じ、実は、ぼくも小さい時、恐ろしい夢を見ることが続いたんです。お医者様からは問題ないと言われていたのですが、ずっと眠れなくて……。そんな時、父の仕事の伝手《つて》で『あそこの大学に良い先生がいる』と紹介《しょうかい》してもらったんです」

「先生……」

「お医者様ではないのですが、なんでも『夢』を専門に研究しておられる方らしくて……。ぼくもその方に診《み》ていただいたら、いつの間にか怖い夢を見なくなったんです。ですから皇妃殿下にも、何らかの助けになるのではと思いまして……」

一筋の光明に、ツィツィーはわずかに頬を上気させる。

だがそれを目にしたマルセルが「ただですね！」と慌てて付け足した。

「大学に籍を置く方なので、その研究はすべて国《リヴ・モナ》が管理しています。ですからヴェルシアに来ていただく、ということは難しいかと……。実際、ぼくの時もあちらに逗留《とうりゅう》して、治療《ちりょう》には数カ月を要しました。ですからその、皇妃殿下がそんなに長い間ヴェルシアを離れることを、ガイゼル陛下がお許しになられるか……」

「数カ月……」

すみません、やはり出過ぎた真似《まね》を……と蒼白になり始めたマルセルを前に、ツィツィーはしばし黙考《もっこう》していた。それを見たヴァンがこちらの様子を窺う。

「もし皇妃殿下がお望みであれば、俺からも陛下に進言いたしますが――」

「……いえ。私からちゃんとお話ししてみます。マルセル様、貴重な情報をありがとうございました」

「皇妃殿下……」

その夜、ツィツィーはさっそくガイゼルの部屋へと赴《おもむ》いた。

「ツィツィー、どうした。体の方は……」

「実はその、どうしてもお願いしたいことがありまして……」

そこでツィツィーは、マルセルから聞いた研究者のことを伝えた。

最初は顔をしかめていたガイゼルだったが、話が終わると同時にふうーっと長いため息を吐き出す。

「リヴ・モナか。確かにあそこであれば、そうした専門家もいるだろう」

「ただ、治療にはとても時間がかかるらしくて……その、数カ月になるかもと」

「……」

「皇妃としての務めは、そちらでも出来る限り果たします。ですからどうか――」

ツィツィーは震える手を胸元に当てたまま「やはりダメでしょうか……」と強く目を瞑《つぶ》った。

するとソファに座っていたガイゼルがゆっくりと立ち上がり、こちらに近づいて来たかと思うと――ひょい、とツィツィーを横向きに抱き上げる。

「──きゃあっ⁉ ガ、ガイゼル様？」

「そんなもの、気にしなくていい」

「で、ですが」

「お前が健《すこ》やかになってヴェルシアに戻る──これ以上に、皇妃として大切な務めはなかろう？」

「ガイゼル様……」

「すぐにランディとヴァン、それからマルセルに命を出して手配をさせる。こちらでの公務《など》はすべて俺一人でこなす。だからお前はしっかり体を癒《いや》すことだけを考えろ」

「はい……。ありがとう、ございます……」

半泣き状態のツィツィーを見つめると、ガイゼルは優しく目を細めた。

そのままベッドに移動して腰を下ろすと、ツィツィーの小さな体を強く抱きしめる。

すると──こっそりと呟《つぶや》くようなガイゼルの『心の声』が聞こえてきた。

『──とは言ったものの、不安がないわけではない』

（……？）

『ツィツィーがいない数カ月……はたして俺は耐えられるのか？ 本邸に戻ってもツィツィーの顔が見られない。愛らしい声が聞けない。この華奢《きゃしゃ》な体を抱きしめられない……。ダメだ……三日で幻覚《げんかく》を見る自信があるぞ……』

（げ、幻覚……⁉）

そこでツィツィーはようやく、マルセルが心配していた本当の意味に気づいた。

ヴァンもおそらく同様で、彼らはツィツィーが「皇妃の公務をこなせない」ことではなく、単に「そんなに長い時間離れて、ガイゼルが暴走しないのか」という点を憂慮《ゆうりょ》していたのだろう。

（確かに……こちら《ヴェルシア》に来てからは、ずっとガイゼル様と一緒でしたから……）

無言のまま続くガイゼルの『懊悩《おうのう》』。

ツィツィーは苦笑しながら、そっと彼の頰に両手を伸ばした。

「すみません、ガイゼル様。出来るだけ早く戻って来ます」

「……急ぐ必要はない。きちんと時間をかけて治療してくるがいい」

『とりあえず今描《えが》かせている二百号のツィツィーの肖像画を、出来るだけ早く仕上げさせて俺の部屋に運ばせよう。まあ最悪、どうしても我慢できなくなれば、リヴ・モナまでは馬を飛ばせば一週間とかからずに会いに行けるはずだ。途中で何頭か、馬を乗り捨てる形にはなるが――』

「わ、分かりました！　ですからガイゼル様もどうか、ヴェルシアで、頑張っていてください……！」

気持ち「ヴェルシア」を強く発音したことで、ガイゼルはわずかに眉間《みけん》に皺《しわ》を寄せた。

だがすぐに微笑すると「分かった」とツィツィーを強く抱擁する。

その腕の中でツィツィーは――昼夜を問わず働かされることとなった宮廷画家《きゅうていがか》や、限界まで走らされてへとへとになる馬たちが出ませんように――と心の底から願うのであった。

第二章 離れがたいのは当然です。

ラシーの北方に面するリヴ・モナ。

狭《せま》い版図《はんと》に突出した産業もない弱小国――このままでは列強《れっきょう》に統合《とうごう》されるか、侵略《しんりゃく》されるかの憂《う》き目《め》に遭《あ》うと危惧《きぐ》した国王は、大陸各地から学術研究者を招致《しょうち》し、必要な住まいや施設《しせつ》、研究費、食費、果ては日用品に至るまですべて国費で助成《じょせい》し保護した。

その代わり、得られた成果は政府に帰属《きぞく》。国内外から情報や技術の提供を求められた際には、金銭の授受、またはそれに準《なぞら》えた等価交換《とうかこうかん》にて応ずるのみとした。

結果、研究者たちは何不自由なく専攻に没頭《ぼっとう》出来る環境を手に入れ、国は知見を財に、尽きせぬ金脈《きんみゃく》を築き上げることに成功したという――

国全体を取り囲む堅固《けんご》な市壁《しへき》を馬車の窓越《まどご》しに見つめながら、ツィツィーはぼんやりとそんなリヴ・モナの歴史を思い出していた。

(立派な城塞都市《じょうさいとし》です……。ラシーとは全然違《ちが》いますね……)

やがて大学の正門に到着《とうちゃく》し、重々しい開閉音とともに錬鉄《れんてつ》の扉《とびら》が開かれる。どうやら古くは領主の城があった場所らしく、外壁《がいへき》は当時のものをそのまま利用していた。奥には館《やかた》の廃墟《はいきょ》も残っているそうだが、大学の設備としては使用していないらしい。

中には新たに建設された石造りの校舎がいくつも並んでおり、ツィツィーたちが乗った馬車はそのうちの一棟の横で停止した。

玄関先《げんかんさき》には大学の管理を任されているというリヴ・モナの宰相《さいしょう》が立っており、ガイゼルとそのあとに下りてきたツィツィーの姿を見つけると、恭《うやうや》しく頭を下げた。

「お待ちしておりました。ガイゼル陛下《へいか》、ツィツィー妃殿下《ひでんか》」

「ああ」

「急なお願いで申し訳ありません」

「とんでもございません。それでは参りましょうか」

宰相に導かれ、建物に入った一行はそのまま廊下《ろうか》を歩いて行く。

やがて突《つ》き当《あ》たりに両開きの扉が現れ、宰相がいそいそと片方を押し開けた。中は比較《ひかく》的《てき》簡素な造りの研究室で、奥にはぎこちない様子の研究者が直立不動の姿勢を取っている。

「こちらが『夢』について研究をされている、ロイ・エルワ先生です」

「は、はじめまして、ロイと申します。この度《たび》は大変重要な任務を賜《たまわ》り――」

「お世話になります、ツィツィーです。どうかそんなに緊張《きんちょう》なさらないでください」

「は、はあ……」

『と言われても、あのヴェルシアの皇帝陛下《こうていへいか》とお妃様《きさきさま》がいらっしゃるなんて……。ああ、失礼とかやらかさないといいけど……』

先ほどから後ろで『ツィツィーに何かあったら覚悟《かくご》しておけ』『本当にこんなところにツィツィーを残して大丈夫《だいじょうぶ》か？　やはり俺も――』と睨《にら》みを利《き》かせているガイゼルの圧に怯《おび》えているのだろう。ツィツィーは相手を安心させるようにはにかんでみせる。

ようやく対面がすんだところで、宰相が恐《おそ》る恐《おそ》るガイゼルに申し出た。

「このあと奥方様《おくがたさま》には、治療《ちりょう》にあたっての詳《くわ》しいお話を伺《うかが》う予定です。ガイゼル陛下におかれましてはその間、我《わ》がリヴ・モナ国王としばしご歓談《かんだん》いただければと思うのですが……」

「俺は妻に付《つ》き添《そ》って来ただけだ。特段話すことなどない」

「そ、それはもちろんなのですが、め、滅多《めった》にない機会ですし……」

『ううむやはり難しいか……。しかし我が国の将来のためにも、北の大国ヴェルシアとの繋《つな》がりは少しでも持っておきたいし、ああガイゼル陛下がお好きだと噂《うわさ》に聞いて、わざわざ用意した最高級の蜂蜜酒《はちみつしゅ》、いったいどうしよう……』

額に汗《あせ》する宰相の『心の声』に、ツィツィーは少しだけ苦笑《くしょう》する。

「陛下、私でしたら大丈夫です」

「せっかくですから、ご挨拶《あいさつ》だけでも」

ツィツィーの勧《すす》めに、ガイゼルはむうと口角《こうかく》を下げた。

だがすぐに『確かに俺が一緒にいると、問診《もんしん》の邪魔《じゃま》になるかもしれん』と察し、渋々《しぶしぶ》息を吐《は》き出《だ》す。

「分かった。話がすんでもここで待っていろ。すぐ迎《むか》えに来る」

「はい。ありがとうございます」

そうしてガイゼルは宰相と共に退室した。

残されたツィツィーは「どうぞ」というロイの言葉に従い、彼の前にある丸椅子《まるいす》に腰《こし》かける。

「ええと、事前にお聞きした話では、決まった『悪夢』を見られていると」

「はい。一カ月ほど前から、毎晩……」

「ちなみにどんな夢か、覚えておられますか？」

ロイいわく、一口に『悪夢』と言っても当人の精神状態《せいしんじょうたい》・身体機能《しんたいきのう》の低下・睡眠時《すいみんじ》の環境《かんきょう》などでも影響《えいきょう》が出るらしく、原因を特定するのは非常に難しいそうだ。

ツィツィーからの答えを聞いたあと、ロイはうーんと腕《うで》を組む。

「お城、森、誰《だれ》かに見られている、ですか……。一概《いちがい》には言えませんが、夢の中で印象的なものが何らかのメッセージを示している可能性はあります。まずはしばらく見た夢を記録して、同時に睡眠環境の改善をしていきましょう」

「はい。よろしくお願いします」

そうしていくつかの問診を終えたのち、ツィツィーは自分が宿泊《しゅくはく》するという構内施設の案内を受けた。

普段《ふだん》は簡素なベッドやテーブルしか置かれていないそうだが、事情を知ったリヴ・モナ王が「ヴェルシアの皇妃殿下をお迎えするのにとんでもない！」と、すぐさま最高級の家具を手配させたらしい。

毛織《けおり》の真っ赤な絨毯《じゅうたん》。天蓋《てんがい》付きのベッドにシャンデリア。白地に純金の箔《はく》をふんだんに使った鏡台に絹張《きぬば》りのソファセット――ヴェルシア本邸《ほんてい》と比べても遜色《そんしょく》ない豪華《ごうか》な内装に、ツィツィーはロイに向かって眉尻《まゆじり》を下げる。

「申し訳ありません、わざわざここまで……」

「いえいえ。何か足りないものがおありでしたら、何でも申しつけてくださいませ」

『よ、良かった……。あのガイゼル陛下のお妃様というから、どれだけ気位の高い女性が来るのかと不安だったけど……。どうやら随分《ずいぶん》お優《やさ》しい方みたいだ』

（な、なんだか怖《こわ》がらせていたようです……）

しばらくの間お世話になりますと改めて頭を下げたあと、ツィツィーはガイゼルの戻《もど》りを待つべく、再びロイの研究室へと引き返した。

するとそこで懐《なつ》かしい顔と再会する。

「――イスタ教授？」

「おお、ヴェルシアの皇妃殿下！　ラシーの夜会以来ですね」

にこやかな眼鏡《めがね》の男性を前に、ツィツィーはぱあっと顔をほころばせた。

イスタ・レインガー教授。

経済学の世界的権威《けんい》であり、関連書籍《しょせき》を多数執筆《しっぴつ》・編纂《へんさん》している有識者だ。

初めて会ったのはリナの結婚式《けっこんしき》に先立つ祝いの席であり、その際リヴ・モナの大学で教鞭《きょうべん》を執《と》っているということは耳にしていた。

「お二人がこちらにお越《こ》しになると聞きまして、ぜひもう一度ご挨拶だけでもと思って伺ったのですが……」

「わざわざ会いに来てくださって嬉《うれ》しいです。その節は貴重なお話をありがとうございました」

「ぼくの方こそ、経済の話と嗅《か》ぎつけてつい口を挟《はさ》んだら、まさかヴェルシアの皇帝ご夫妻とラシーの王女殿下だったなんて。いやあ、あとになって血の気が引きました」

やがてイスタ教授が「そういえば」と目を輝《かがや》かせる。

「実はあのあと、お手紙をいただいたんです。ナターシャ王女殿下から」

「ナターシャお姉様がですか？」

「はい。ご自分の無知に対する真摯《しんし》な謝罪と、あと迷惑《めいわく》でなければ最新の経済学について詳しく教授してほしい、というものでした。なんだか、逆に気を遣《つか》わせてしまったようで本当に申し訳ないです」

（あのお姉様が……）

形の良い眉《まゆ》をきりりと吊《つ》り上《あ》げた、次姉《じし》ナターシャの顔を思《おも》い浮《う》かべる。

四姉妹《よんしまい》の中でもいちばん勉強熱心で、事あるごとに「もっと知識をつけなさい」だの「私がいちばん賢《かしこ》いのよ」と得意げに語っていた彼女が、まさか己《おのれ》の非礼を詫《わ》び、殊勝《しゅしょう》にも指導を依頼《いらい》する手紙を出していたなんて。

（ナターシャお姉様も、少しずつ変わられているのかも……）

なんだか胸《むね》の奥が温《あたた》かくなり、ツィツィーは嬉しそうに微笑《ほほえ》む。

すると先ほどまで饒舌《じょうぜつ》にしゃべっていたイスタ教授が、とたんに声をひそめた。

「そ、それでですね……。実は何度か書簡《しょかん》のやりとりを続けていたところ、その……一度ラシーで直接会ってお話をしたいということになりまして……」

「まあ、素敵《すてき》ですね」

「それであの、ナ、ナターシャ王女はどういったものがお好きなのかと思いまして」

「どういった、とは？」

「あっ、いえ、もちろん、経済学のことなのですが、それ以外に、ええと……」

『ど、どんな服装で行ったらいいかとか、手土産《てみやげ》は甘いものがいいか、辛《から》いものがいいかとか……。王女様と二人きりなんて初めてだから、どうしたらいいかまったく分からないよ……。しかしあまりあれこれ聞いては、ぼくがナターシャ王女に好意を持っていることがバレてしまいそうだし……』

(まあ！)

イスタ教授のまさかの『心の声』に、ツィツィーは思わず頬《ほお》を赤らめる。

勝手に心の内を聞いてしまったという申し訳なさを抱《かか》えつつも、それとなくナターシャが喜びそうなものを挙《あ》げた。

「私もあまり詳しくはないのですが……。姉は小さい頃《ころ》、香辛料《こうしんりょう》を使った料理が好きだった記憶《きおく》があります。甘いものよりは、辛いものの方が好みかと」

「ほ、本当ですか⁉」

「はい。何かの参考になるといいのですが」

するとこんこんと研究室の扉がノックされ、宰相らと共にガイゼルが戻って来た。

ツィツィーと話し込んでいるイスタ教授に気づいた途端《とたん》、むっと眉を寄せる。

「貴様はたしか……イスタ・レインガーといったか」

「は、はい！　ラシーでは大変ご無礼いたしました、ガイゼル陛下……」

「……」

『どうしてこいつがここにいる？　もしや先般《せんぱん》の宴《うたげ》で見せたツィツィーの美しい姿が忘れられず、わざわざここまで出向いて来たのではなかろうな。そういえば大学で教授をしていると言っていたが……。まさかこれを好機として、ツィツィーと個人的に距離《きょり》を詰《つ》めようという算段《さんだん》では……』

「イ、イスタ教授は、ナターシャお姉様のことでお越しくださったんです！」

不穏《ふおん》な方向に傾《かたむ》きつつあったガイゼルの思考を、ツィツィーは慌《あわ》てて軌道修正《きどうしゅうせい》する。

イスタ教授がナターシャと手紙のやりとりをしていることを知ると、ようやく納得《なっとく》したのか「ふっ」と余裕《よゆう》の笑《え》みを浮かべた。

「なるほど。それで我が妃に確認《かくにん》を、ということか」

「は、はい！　ナ、ナターシャ王女殿下に失礼のないようにと……」

こうして背筋が凍《こお》るような場面を挿《はさ》みつつも、ツィツィーが長期滞在《ちょうきたいざい》するための準備はすべて完了《かんりょう》した。ヴェルシアに戻るガイゼルたちを見送るため、ツィツィーは彼の背中を見つめながら共に玄関ホールへと向かう。

（これからしばらく……ガイゼル様と別々に生活するのですね……）

玄関横の車寄せには来る時に使用した箱馬車《ブルーアム》が駐《と》まっており、ヴァンをはじめとした護衛たちがいつでも出立出来るよう待機していた。すると前を歩いていたガイゼルが振《ふ》り返《かえ》り、ツィツィーの背後にいたロイと宰相に最後の睨みを利かせる。

「大切な我が妃《きさき》だ。心して治療にあたれ」

「は、はいっ！」

「承知いたしました‼」

近衛兵《このえへい》のように背筋を正す二人を一瞥《いちべつ》したあと、ガイゼルはツィツィーに向き直った。

「リジーと何人かのメイド、あと腕の立つ護衛を数人残しておく。他に必要なものがあればすぐに手紙を寄越《よこ》せ。人でも家具でも嗜好品《しこうひん》でも、その日のうちにヴェルシアから送ってやる」

「はい。ありがとうございます」

「それから……」

（……？）

突然《とつぜん》押《お》し黙《だま》ってしまったガイゼルを前に、ツィツィーはぱちくりと瞬《まばた》く。

するとぎりぎりまで押さえ込んでいたであろう彼の『本心』が、別れを前にしていよいよ堰《せき》を切《き》ってしまった。

『覚悟を決めて来たつもりだったが、やはり顔を見てしまうとダメだな……。本当は……こんなところにツィツィーを置いて行きたくはない。……違うな、俺が離《はな》れたくないんだ……』

（ガイゼル様……）

『だがもうここ以外に頼《たよ》るあてがないのも事実。非常に……非常に不本意ではあるが、ツィツィーの回復を願うのであれば数日、いや数カ月離れて暮らすことなど些末《さまつ》な問題で……。だがやはり……ツィツィーがいない日々なんて想像するだけで俺は――』

その時、ツィツィーの喉《のど》を苦《にが》い何かが滑《すべ》り落《お》ちた。

笑って見送るつもりだったのに、ガイゼルの本音が聞こえてしまったせいか、言葉にならない切なさが胸の奥でぎしりと熱を持つ。

（私だって、ガイゼル様と離れたくない……）

しかしこんな衆人環視《しゅうじんかんし》の中で弱音を口にするわけにもいかず、ツィツィーはにこっと明るく微笑むと、ガイゼルの手を取りそっと握《にぎ》りしめた。

「私でしたら大丈夫です。すぐに体を治して、陛下の元に戻りますから」

「ツィツィー……」

健気《けなげ》に振《ふ》る舞《ま》うツィツィーを前に、ガイゼルは再び深い後悔《こうかい》と悲しみを抱《いだ》いた。

「また顔を見に来る。それまでしっかり養生《ようじょう》していろ」

「……はい。陛下も――」

だがそこでガイゼルが突如《とつじょ》上体を屈《かが》めた。

お別れ前の抱擁《ほうよう》かと両腕《りょううで》を上げかけたツィツィーだったが、腰に彼の腕が回ってきてぐいっと引き寄せられる。

（え？）

予想外の動きにツィツィーが動揺《どうよう》していると――ぐるりと取り囲む人の輪のど真ん中で、ツィツィーはガイゼルから口づけられた。

『へ、陛下が、人前でキスを⁉』

『ふーむ若いとは良いものですな……』

『あーやっぱり限界が来てしまったかー』

『み、見ていいのか、こんな』

『ブルルゥ！（いつ走れるんだ！）』

（あ、あわ、あわわわ……！）

リジーや宰相はおろか、馬車に繋がれている馬の気持ちまで流れ込んできて、ツィツィーは一気にパニックになる。だってまさか。こんな人前で。あのガイゼルが。

唇《くちびる》が離れたあと、ツィツィーはこれ以上ないほど真っ赤になった顔でまじまじとガイゼルを見つめる。その非難とも取れる視線を受けとめたガイゼルは、ツィツィーを手放す間際《まぎわ》、耳元でこっそりと囁《ささや》いた。

「こうしておけば、近づく虫もいなかろう」

「こ、こんなことしなくても、誰も……」

『常々思っていたが、こいつは本当に自分が可愛いという自覚がないな……。これからはもう少し、周りの男に警戒《けいかい》するよう伝えていかなければ――』

「お前は隙《すき》がありすぎる。顔見知りの相手であっても、けして油断するな」

「は、はい！」

「それでいい」

ガイゼルは短く笑うと、さっと踵《きびす》を返《かえ》して馬車へと乗り込んだ。

恥《は》ずかしさのあまり、顔から湯気が出ているような錯覚《さっかく》に陥《おちい》りつつ、ツィツィーは車体の小窓から見える彼の姿を目に焼きつける。

やがて四頭の馬が足並みを揃《そろ》えて出発し、あっという間にヴェルシアの一団は見えなくなってしまった。まるで半身が引《ひ》き裂《さ》かれるような心の痛みを覚えつつ、ツィツィーは下唇《したくちびる》を噛《か》みしめ建物の方を振り返る。

（早く陛下の元に帰るためにも……この状態を改善しなくては）

こうしてツィツィーの療養生活《りょうようせいかつ》が始まった。

大学には教授や職員、大陸最高峰《さいこうほう》の叡智《えいち》を学びに来た学生たちなどの、実に多くの出入りがあった。だが幸いツィツィーが滞在している棟《とう》は、研究者のみが使用しているため、日中も外部の人間と会うことはほとんどない。

もちろん部外者が立ち入らないよう、リヴ・モナから派遣《はけん》された警備とガイゼルの手配した護衛たちによる見張りも完璧《かんぺき》であった。

（王宮にいた時よりも、少し楽な気がします……）

リジーたちにも用がない時は隣室《りんしつ》で待機してもらっているし、何より毎日のように聞こえていたガイゼルの『だだ漏《も》れ』な心の声が響《ひび》いてこない。それだけでもツィツィーにとってはほっと胸を撫《な》で下《お》ろすような気持ちだった。

だが、相変わらず無作為《むさくい》に受け取ってしまう『心の声』の感度は変わらず――その上『悪夢』に関しては、ヴェルシアにいた頃よりもひどく、いっそう長くうなされるようになってしまった。

「追いかけられるようになった……？」

「はい……」

治療を受け始めてから二週間。

ツィツィーの悪夢に、ある変化が生じていた。

「今までは、遠くから視線を感じるだけだったのですが……こちらに来た頃から、誰かに追跡《ついせき》され始めた気がして……。振り返っても姿は見えないのですが、ただ何故《なぜ》か『恐ろしいものである』という確信があって……」

「夢というのはそういうものです。『恐ろしい』『怖い』という感覚だけは把握《はあく》出来ても、具体的に何なのかは分からない。仮に夢の中でそれと邂逅《かいこう》出来たとしても、自分の知っている人なのか否《いな》かすら、あやふやなものですから」

「……」

ロイの説明を聞き、ツィツィーは押し黙った。

（どうしましょう……。やっぱり、ガイゼル様が出てきたことを言った方が……）

本当は最初の問診で伝えるべきだったのだが、夢の中とはいえ『ガイゼルが人を殺した』と口にするのが恐ろしく、ずっと告白できなかった。

だがここまで悪夢が長引くとなると、隠《かく》している方がよくない気がする。

「先生、実は――」

ツィツィーは始まりとなった『悪夢』――文字通り『氷の皇帝』と化したガイゼルが、見も知らぬ相手を殺《あや》めた夢のことをロイに話した。

ロイはわずかに驚《おどろ》いたようだが、すぐにぶつぶつと脳内で思考する。

『警告夢か？　だが決めつけるにはあまりに短絡的《たんらくてき》だ。皇妃殿下が陛下の日常を案じるあまり、その不安が夢の一部として現れたと解釈《かいしゃく》するのが一般的《いっぱんてき》だが……。逆に陛下という強いイメージで悪い何かを追い払《おはら》っている可能性も――』

「あの、先生……やはり、あまり良くない夢なのでしょうか？」

「……っ、失礼しました。断言は出来ませんが、夢は現実世界で感じたことの処理機構的な役割を果たしています。皇妃殿下のお心に巣くう憂《うれ》いや戸惑《とまど》いを、夜のうちに少しでも放逐《ほうちく》してしまおうという自浄作用《じじょうさよう》の結果でしょうね」

「私の、憂い……」

「はい。ですからあまり深刻に思い詰めないことが重要です。日中は、何か気が紛《まぎ》れることをされると良いかもしれませんね。軽く体を動かすとか、本を読むとか」

「本……」

その後ロイは睡眠に良いという薬草を、控《ひか》えていたリジーに手渡《てわた》した。寝《ね》しなにこれを煎《せん》じて飲んでくださいという指示を一緒《いっしょ》に聞きながら、ツィツィーは先ほどのロイの言葉を思い出す。

（そういえば『心の声』が聞こえてしまうから、王宮でもずっと部屋に引きこもっていた気がします……。あれが逆に良くなかったのでしょうか？）

今日の診察《しんさつ》を終え、ツィツィーはリジーを連れて滞在用の自室に戻ろうとした。だが歩いていた廊下の窓越しに、神殿風《しんでんふう》の柱に囲まれた立派な建物があることに気づく。

「リジー、隣《となり》に建っているあれも校舎なのですか？」

「図書館だと聞いております。なんでも研究に必要な古い文献《ぶんけん》や資料が保管されているところだと」

「図書館……」

そっと窓ガラスに指を添えたツィツィーは、すぐに思い立ちリジーに尋《たず》ねた。

「あの、よければ中を見学してみたいのですが……」

「承知いたしました。確認してまいりますね」

一旦《いったん》部屋に戻りツィツィーが待っていると、しばらくしてリジーがロイを通じて入館許可証を貰《もら》って来てくれた。どうやら大学内に滞在している人間であれば、自由に使うことが出来るらしい。

早速《さっそく》外に出て図書館へと向かう。

入り口では防犯上の理由から身体チェックをされ（ツィツィーの身分に怯え切った男性職員に代わり、急遽《きゅうきょ》女性の職員が呼ばれた）、ツィツィーはようやく内部へと足を踏《ふ》み入《い》れた。

中は二階建てになっており、隙間《すきま》なく書籍の詰め込まれた本棚《ほんだな》が奥までずらっと伸《の》びている。劣化《れっか》を防ぐためか窓にはすべて鎧戸《よろいど》が取りつけられており、昼間だというのに薄暗く、ひっそりとした静謐《せいひつ》な空気に満たされていた。

「こんなに本がたくさん……」

「妃殿下、私はロビーにある小部屋で待機しておりますね」

『難しそうな本がいっぱい……。題名を見るだけで知恵熱《ちえねつ》が出ちゃいそう……』

「ええ。ありがとう、リジー」

リジーの心の声に苦笑しつつ、ツィツィーは一人館内を散策する。

人がたくさんいたらどうしようかと不安だったが、時間帯が良かったのか数人の司書以外、他の来館者の姿はなかった。

（色々な本がありますね……ヴェルシアを思い出します）

ヴェルシアの書庫にはラシーでは見たこともないような小説や画集が揃《そろ》っており、ツィツィーはよくガイゼルの部屋に持ち込んでは、彼を待つ間――むしろ彼が帰って来たあとも夜遅《よるおそ》くまで読みふけっていた。

その度《たび》に『そろそろ寝《ね》ないか』『早く一緒に寝たいんだが』という彼の急《せ》くような『声』が聞こえてきて――ツィツィーは懐かしむように本の背に指を伸ばす。

（また……あの頃に戻れるでしょうか……）

胸の奥がかすかに締《し》めつけられるようで、ツィツィーはそれから逃《のが》れるように並ぶ書目《しょもく》へ意識を向ける。大学の図書館というだけあって専門的な表題《ひょうだい》が多く、ツィツィーは興味深くそれらを目で追った。

そこで一冊の本に釘付《くぎづ》けになる。

「『精霊国《せいれいこく》の伝承』……？」

ツィツィーの脳裏《のうり》に、人の体を持ったレヴィ《精霊》の姿が甦《よみがえ》る。

式典後、ティアラは宝物庫に戻されてしまったし、ツィツィーも自身の体調不良でそれどころではなかったため、結局話の続きを聞けなかった。

だがレヴィはあの時確かに「ツィツィーは『王妃《おうひ》様』である」と口にしていたはずだ。

（あれはいったい、どういう意味だったのでしょうか……）

誘《いざな》われるように本を手に取り閲覧席《えつらんせき》に着くと、古びた表紙をめくる。

ヴェルシアのものではなかったが、幸い皇妃教育の一環《いっかん》で少し学んだことがある言語だった。ツィツィーは読める単語を中心に一文ずつ解読していく。

（かつてこの世界には、人間の他に『精霊』と呼ばれる種族がいた。彼らはそれぞれ不思議な力を持ち、『精霊国』を築いていたという……）

本には、大陸各地に残った『精霊』にまつわる逸話《いつわ》や物語などが分類ごとに細かく取りまとめられていた。もちろん精霊のいた時代は今より遥《はる》か昔のため、そのどれもが口伝《くでん》という神話レベルのものだ。

（『精霊』はそもそも不死の存在であり、『精霊国』は永遠《とわ》の栄華《えいが》を誇《ほこ》るはずだった――が、とある一人の精霊がその禁忌《きんき》？　を破ったとされている……）

――彼は「貴様らはどうやって同胞《どうほう》を殺すのだ」と人間の呪術師《じゅじゅつし》に尋ねた。

呪術師は「剣《けん》で心臓を一突《ひとつ》きにすれば人は死にます」と答えたものの、精霊は「我らは心臓を砕《くだ》かれても死なない。他に殺し方はないのか」と更《さら》に問《と》う。

困った呪術師は何故そんなことを聞くのだろうと訝《いぶか》しみつつも、人を呪《のろ》い殺す際の方法を教えた。

話を聞いた精霊は去り、ほどなくして精霊国の王と王妃がいなくなったのだという。

国の柱であった二人が姿を消したことにより、精霊国の秩序《ちつじょ》はバラバラになってしまった。人間たちに住処《すみか》を追われた精霊たちは次々と眠りについてしまい、いつしか彼らの時代は終わりを迎えた――と締めくくられている。

（……『精霊』なんて、おとぎ話の中だけの存在だと思っていましたが……。私はこの目でレヴィと、そしてルーヴィを見ています。もしもこれが神話ではなく、本当に起きたことなのだとしたら……）

どくん、どくんと心臓が警鐘《けいしょう》のように音を立てる。

震《ふる》える手でページをめくったツィツィーだったが、そこで再び目を見開いた。

「これは……『精霊王』の歌……？」

先般の、ラシーで催《もよお》されたリナの予祝《よしゅく》で披露《ひろう》されたもの。

吟遊詩人《ぎんゆうしじん》・リーリヤの妖艶《ようえん》な歌声がすぐに脳内に呼び起こされ、ツィツィーはその歌詞を慎重《しんちょう》に指でなぞっていく。

（かつてこの世界は、勇敢《ゆうかん》な精霊王と美しい妃によって治められていた――）

リーリヤの歌ではこのあと王を敬愛する国民、塔《とう》の上で彼らの声を聞く妃、そして二人の子どもに恵《めぐ》まれて幸せに暮らした――と謳《うた》われていたはずだ。

だが書物に記載《きさい》されている文言を読み解いたツィツィーは思わずもう一方の手で口元を覆《おお》う。歌の終盤《しゅうばん》、子どもたちの描写《びょうしゃ》はなく――代わりにこう書かれていた。

《だが二人は知らなかった　王の弟もまた　妃を愛していたということを》

《破れた思いは　刃《やいば》となって妃を貫《つらぬ》いた　王は自ら滅《めっ》し　民《たみ》は嘆《なげ》き悲《かな》しんだ》

（どういうこと？　『王の弟』……？）

何か他に注釈《ちゅうしゃく》はないのかと急いでページをめくる。

しかし歌に関してはここまでで、ツィツィーは改めてその歌詞の意味を考えた。

（精霊王には弟がいて、王妃に好意を持っていた。破れた思いは刃となって――）

ぞくり、とツィツィーの背に寒気が走る。

吟遊詩人の紡《つむ》ぐ歌は伝承を基《もと》にしていても、時代や歌い手によって様々に形を変えていく。リーリヤが歌った結末も、きっとハッピーエンドを好む時流に添って作られたものだろう。

（これがもともとの歌詞……）

破れた思い。王弟。刃は妃を貫き、王は滅した。

幸せとは程遠《ほどとお》い不穏な内容に、ツィツィーの胸が何故か締めつけられる。

（精霊たちに何があったの？　『精霊王』は？）

応《いら》えを求めるように、ツィツィーは本の続きを一心不乱《いっしんふらん》に読み進めた。

だが以降『精霊王』に関する記述はなく、代わりに――

（――『精霊国』の王妃……地方によって伝わる名はいくつかあり、エスメラルダ、リズ、ヴェルティエーダ――『リステラリア』……）

それは、かつてレヴィが口にした王妃の名前。

ツィツィーは驚《おどろ》くべき事実に、かつてないほどの恐怖《きょうふ》を感じるのであった。

◆

帰国したガイゼルを待っていたのは、膨大《ぼうだい》な量の仕事の山だった。

険しい顔つきで執務机《しつむづくえ》に向かう彼の元に、ヴァンが追加の書類を運んでくる。

「これが終わりましたら、次の決裁《けっさい》があるそうです」

「……分かった」

多少はランディに任せていたとはいえ、やはりリヴ・モナまでの往復にかかった時間のロスは大きく、ガイゼルはうんざりした顔つきでペンを走らせた。

こうなることは当然覚悟していた。

だが一分一秒でもいいから、ギリギリまでツィツィーの傍《そば》にいたかったのだ。

(ツィツィー……無事に過ごしているだろうか)

なにも永遠の別れというわけではない。

フォスター公爵家《こうしゃくけ》で「もう二度と彼女に会えないかもしれない」と諦《あきら》めかけて暮《く》らした少年期の方がよっぽど長かったはずだ。彼女をリヴ・モナへ送り届ける間もずっとそう自身に言い聞かせ、あっさりと立ち去るつもりでいた。

だがどこか寂《さび》しそうに微笑むツィツィーを見た途端、「物分かりの良い大人」であろうとした自分が即座《そくざ》に消し飛んだ。気づいた時には小柄《こがら》な彼女を抱《だ》き寄《よ》せ、人前であるにもかかわらず堂々と口づけをしてしまったのである。

(だがあれは……あんな顔をするあいつも悪い……!)

帰りの馬車で襲《おそ》われた激しい後悔を振り払うように、ガイゼルはここ数年で培《つちか》った驚《きょう》異《い》の速度で次々と仕事を処理していく。

やがて半分ほどが終わったところで、一通の封書《ふうしょ》に目を留《と》めた。

(この手紙は……)

それはツィツィーの姉、リナ女王からの書簡だった。

封蝋《ふうろう》に捺《お》されたラシーの国章を確認すると、ガイゼルはすぐに開封《かいふう》する。

『親愛なる　ガイゼル陛下
先だっての贈《おく》り物《もの》はお役に立ちましたでしょうか？』

「……」

書斎机《しょさいづくえ》の引き出しに入れっぱなしの香炉《こうろ》のことを思い出し、ガイゼルは忌々《いまいま》しそうに眉間《みけん》に皺《しわ》を寄せた。書簡はラシーの復興状況やヴェルシアからの支援《しえん》に対する感謝などが綴《つづ》られ、ようやく本題へと移行する。

『早速ですが、件《くだん》の「リグレット」についてご報告いたします。

ベルナルドへ確認したところ、彼自身は知り合いの軍医から苗《なえ》を譲《ゆず》り受《う》けただけで出どころについては、一切《いっさい》知らないとのことでした』

（知らない、か……）

ツィツィーの帰省を兼《か》ねた新婚旅行《しんこんりょこう》で、ガイゼルたちはラシーに蔓延《はびこ》っていた恐ろしい『水』と遭遇《そうぐう》した。元凶《げんきょう》はラシー国王に食い込んだ政商《せいしょう》ベルナルド・ウェラー。混入されていたのは『リグレット』と呼ばれる古い品種の有毒植物で、ガイゼルは今後の悪用を防ぐため、その入取先を特定しようとしていたのである。

（このままにしておけば、また同様の被害《ひがい》が起きる懸念《けねん》がある。畑があるなら探し出し、然《しか》るべき措置《そち》をしなければ……）

だが続きを読み進めたガイゼルは、む、と口を引き結んだ。

『ただ不思議なことに、彼が苗の提供を受けたという軍医を質《ただ》したところ「自身が医師であったことなどないし、ベルナルドとも会ったことがない」と証言しております。事実、男は医師免許《いしめんきょ》を有しておりませんでした』

(どういう意味だ？)

『実際にベルナルドとも引き合わせてみたのですが、やはり記憶にないようでした。証拠《しょうこ》もない以上、我が国の法ではこれ以上拘留《こうりゅう》措置《そち》が取れず軍医を名乗っていた男については、やむなく釈放《しゃくほう》いたしました』

手紙の最後には「念のため情報を共有しておきます」と、その男の名前や特徴《とくちょう》などが記《しる》されていた。

ラシーに端《たん》を発《はっ》した以上、本来であればその王家が責任を持つべき案件だ。だが王が急遽代替《きゅうきょだい》わりし、国勢を立て直している最中のラシーにそこまで人を割《さ》く余力はないというのが実情だろう。

(仕方ない、こちらで対処するか――)

ガイゼルはリナから貰った情報を、控えていたヴァンにそのまま押しつけた。

「この男を捜《さが》せ。再び拘束《こうそく》されることを恐れて、ラシーから脱出《だっしゅつ》している可能性が高い。南部の国境警備隊、並びにウタカに連絡《れんらく》を取って人を派遣しろ。アルドレア、ヴェリ・タリにも協力を要請《ようせい》し、海路での移動にも目を光らせておけ」

「はっ」

　ヴァンはすぐさま執務室を去り、ガイゼルは空になった封筒に目を落とす。

　ひび割れた封蝋の国章を前に、一抹《いちまつ》の不安《ふあん》を覚えるのであった。


　二週間後、玉座《ぎょくざ》に座すガイゼルの元に早速一人の男が連行された。

　件《くだん》の、元軍医を名乗っていた男だ。

「お前がベルナルドに『リグレット』の苗を譲《ゆず》ったのか？」

「ち、違います！　本当にわたしは何も知らないんですって！」

　中肉中背。取り立てて目につくところのない凡庸《ぼんよう》な顔立ちの男を、ガイゼルは冷たく睨み下ろす。男はラシーで釈放されたあと船で越境《えっきょう》を試みたらしく、リーデン商会の協力のもと簡単に捕《と》らえられた。

「だがベルナルドはそう証言しているのだろう？　何故話が食《く》い違《ちが》う」

「ですから、そのベルナルドさんって人とも、本当に会ったことがないんです！　『リグレット』と言われても何のことか……」

　冷酷無比《れいこくむひ》と噂されるヴェルシアの皇帝を前に、男は必死になって訴《うった》えた。

　ガイゼルはその様子をつぶさに観察していたが、虚言《きょげん》であるそぶりは見られない。

（人は嘘《うそ》をつく時、視線が自然と右上を向く。だがこの男にそうした挙動《きょどう》はない……）

すると傍《かたわ》らに控えていたヴァンが、男の身上調書を差し出した。

「念のため、彼の経歴を調べさせました。リナ女王からの報告通り、過去に医師だったという事実はありません。身寄りもなく、日銭《ひぜに》を稼《かせ》ぎながらあちこちを転々としていたようです」

ウタカ以南を中心とした各国が縄張りで、ラシーでも浮《う》き草暮《くさぐ》らしをしていたようだ。

ガイゼルはさっと内容を確認し、滞在歴《たいざいれき》にわずかな空白期間があることに気づく。

「この抜けはなんだ」

「それが、どうやらその間の記憶を失っているらしく……」

「何？」

改めて男に確認する。すると「ようやく釈明《しゃくめい》の光が差した」とばかりに、男は勢い込んで語り始めた。

「そうなんです！　あれはウタカに行った時でしたか。当時荷運びの仕事をしていたのですが、道中で大きな怪我《けが》をしてしまって――」

調書にあった空白期間は約三カ月。

男はウタカで事故に遭《あ》い記憶を喪失《そうしつ》。自分が誰かも分からないまま旅芸人の一座に拾われ、雑務をこなしながら各地を巡業《じゅんぎょう》していたらしい。

「正気《しょうき》に戻った時は驚きました。だって、全然知らない人たちと一緒に、おんなじ宿で寝泊《ねと》まりしているんですから」

「その間、どこで何をしていた？」

「ですから、まったく覚えてないいんです。一座ともすぐに別れてそれきりですよ」

結局肝心《かんじん》なことは分からず、ガイゼルはがしがしと頭をかく。

（埒《らち》が明《あ》かんな。とりあえずその三カ月の間に、ベルナルドとこの男が接触《せっしょく》していたかどうかを調べさせるか——）

なにせ当の本人は、その間の記憶がまったくないのだ。

他に手がかりはないかと、ガイゼルは旅芸人の方を探《さぐ》ることにする。

「お前が同行していたという一座は今どこにいる？」

「なにぶん当時の記憶が曖昧《あいまい》で……。あっ、でも看板役者《かんばんやくしゃ》のことはよく覚えていますよ！あんな綺麗《きれい》な顔の男を見たのは初めてで——」

「さっさと名前と特徴だけ言え」

「は、はい！　ええとたしか……『リーリヤ』と名乗っていた気がします」

その名を耳にした途端、ガイゼルとヴァンは分かりやすく息を呑《の》んだ。

「陛下、それって……」

「……どうやら、繋がりが見えてきたようだな」

かつて宴の席で目にした男のことを思い出す。

夜闇《やあん》の中でも輝くような金の髪、人離《ひとばな》れした美しい容姿——何の断りもなくツィツィーの手を取ろうとした不躾《ぶしつけ》さまでをも思い出し、ガイゼルは苛立《いらだ》ちのままそれぞれに命じた。

「男、貴様は『リーリヤ』について知っている情報をすべて吐け。あとで人相書きも作らせる。ヴァン、こいつのために展開した捜査網《そうさもう》を拡大し、奴の居場所を突き止めろ」

「承知いたしました」

兵士に連れられて男が退室したあと、ヴァンもまた謁見室《えっけんしつ》を立ち去る。

ガイゼルは玉座に深く腰かけたまま、ゆっくりと思考を巡《めぐ》らせた。

（リーリヤ……あの男、ただの吟遊詩人ではなかったのか……？）


それからすぐにリーリヤの似顔絵が作られ、大陸南部を中心に捜索《そうさく》が開始された。

一週間が経《た》った頃、ガイゼルの執務室をルカが訪れる。

「失礼いたします、陛下。修繕《リペア》に出していた品が戻ってまいりました」

「ああ」

伯爵位《はくしゃくい》にありながら多角的な繊維事業《せんいじぎょう》を展開し、一躍時《いちやく》の人となったルカ・シュナイダー。

最高級仕立服《オートクチュール》部門で秘匿《ひとく》されていたメインデザイナーが、妹のエレナ・シュナイダーであったことや、彼女を中心とした新しいブランドの創設。それに伴《ともな》う自身の引退など様々な紆余曲折《うよきょくせつ》を経《へ》て、現在は貿易・外交担当官として王宮に勤めている。

そんな前歴を持つ彼は、専門以外の職人ギルドにも多方面に顔が利き——すっかり元通りになった青い宝石の護符《タリスマン》をガイゼルの前に差し出した。

「相当腕のいい職人の細工だったらしく、少し時間がかかってしまいました。しかしおかげで中の石も傷つけることなく、こうして」

「世話をかけたな」

「いえ。ですが間に入った宝石工が驚いておりました。あれだけ大きな混合物《インクルージョン》があるのに現存しているのは奇跡的《きせきてき》だと」

「どういう意味だ？」

「混合物は宝石の内側についた傷であることが多く、ないものに比べて耐久性《たいきゅうせい》が遥かに下がるそうです。そのため人の手を渡るうちに、欠けたり割れたりしてしまうことが大半なのですが……陛下の護符は、古くからとても大切にされてきたものなのでしょうね」

「……」

穏《おだ》やかなルカの言葉に、ガイゼルはようやく戻ってきた護符を見つめた。

ガイゼルの無事を願い、ツィツィー自らが選んでくれたもの。アルドレアの宿でのやりとりが随分と昔のことのように感じられ、ガイゼルはぐっと下唇を噛みしめる。

するとsu廊下から慌ただしい靴音《くつおと》が聞こえ、ノックと同時にヴァンが入ってきた。

「失礼いたします、陛下！　リーリヤの行方《ゆくえ》が分かりました！」

「どこだ？」

「それが——『リヴ・モナ』に向かう乗合馬車《のりあいばしゃ》で、数日前に姿を見た者がいたと……」

途端にガイゼルは椅子から立ち上がった。

（どうしてツィツィーが移動したタイミングで……ただの偶然《ぐうぜん》か？　それとも——）

ツィツィーの療養は、ヴェルシア国内でもごく限られた人間だけが共有する機密事項《きみつじこう》。リーリヤが知るはずはないし、リヴ・モナに向かったのも偶然である可能性が高い。考えすぎだ、冷静になれと自身の理性は訴えている。だが——

（なんだ……この胸騒《むなさわ》ぎは……）

手中にあった護符を、無意識に強く握りしめる。

心なしか、中の混合物が以前よりも広がっている気がして——ガイゼルの胸中もそれと同じぼんやりとした靄《もや》に覆われていくようだった。

（ツィツィー……）

ガイゼルはしばし逡巡《しゅんじゅん》し、やがて深く息を吐きながら瞑目《めいもく》する。

直後、戦《いくさ》に赴《おもむ》く戦神のように——強い光の宿った青紫《あおむらさき》の両眼を静かに押し開いた。

すぐさま護符を身に着けると、部屋の隅《すみ》に掛《か》けられていた外套《がいとう》を乱暴に羽織《はお》る。

「陛下、どちらに？」

「リヴ・モナに行く。あとの手配を頼《たの》む」

突如変わった空気に、ヴァンとルカが表情を改める。

「承知いたしました、すぐに兵たちに命令を出します」

「残りの公務は我らにお任せください。ランディ殿《どの》にもお伝えしておきますので」

「ああ」

短く応じると、ガイゼルは二人を振り返ることなく執務室をあとにした。

ヴァンはすぐにルカに伝言を頼む。

「申し訳ありませんが、リヴ・モナへの先触《さきぶ》れをお願いします。それからウタカとラシーで待機している兵には、連絡役を残して現地に移動するようにと」

「分かりました。それでしたら、主要な街路と山のふもと、側道《そくどう》にも見張りを配置した方がいいですね。その一帯を移動している商団《しょうだん》につてがあるので、そちらにも伝令を出しておきましょう」

「助かります。俺は騎士団《きしだん》に行って、第一、第二班にリヴ・モナへの出立命令を出してきます。それが片付き次第《しだい》、陛下のあとを追うつもりです」

阿吽《あうん》の呼吸で一気に方針が決まっていき、二人は同時に苦笑する。

「しかし本当に陛下は、皇妃殿下のこととなると周りが見えなくなりますね」

「本当に。でも実は、以前も似たようなことがありまして」

「まさかお一人で？」

「はい。……ですがあの頃とは違います」

皇妃殿下がいなくなったと知ったあの日。

王宮を飛び出したガイゼルを、誰一人として追わなかった──追えなかった。

結果、危《あや》うげなバランスで保たれていた玉座は呆気《あっけ》なく崩壊《ほうかい》したのだ。

だから今度は、自分たちがその椅子を支えなければ──

「もう二度と──同じ失敗は犯《おか》しません」

ヴァンはそう言うと、主君の背中を追って廊下へと駆《か》け出《だ》した。

◆

深い夜闇の中。ツィツィーは古城の廊下を走っていた。

（助けて……）

何かに追われている。

黒い霧《きり》が人の手を模して搦《から》め捕《と》ってくるかのような、名状しがたい不快感。

いっそ身を委《ゆだ》ねてしまえば楽なのかとも思うが、結果何が起きるのか想像もつかなくてその勇気もない。

「いや……誰か……！」

半壊《はんかい》している階段を無我夢中《むがむちゅう》で駆け下りる。

すると突然《とつぜん》、足元ががろりと音を立てて崩落《ほうらく》した。二階以上の高さがあるそこから放り出され、ツィツィーはいよいよ死を覚悟する。

（――っ！）

するとぱしっという小気味《こきみ》よい音とともに、体ががくんと大きく揺れた。

どうやら誰かに手首を摑まれたらしく、ツィツィーは安堵《あんど》の笑みで顔を上げる。

「あの、ありが――」

そこにいたのは、ツィツィーの知らない誰かだった。

わずかに差す逆光から金色の髪であることは分かる。しかしどうしてもその顔が認識出来ずツィツィーが戸惑っていると、その人物はやれやれと苦笑した。

「ようやく術が繫がったと思って居場所を捜してみたら……まさかリヴ・モナにいるなんてね」

（……？）

そう言うと彼はにいっと口角を上げる。そして――

「――やっと、捕まえた」

「――っ……！」

汗だくのツィツィーが目覚めた時、上弦《じょうげん》の月が山の端《やまのは》に迫《せま》っていた。

先ほどの衝撃《しょうげき》が夢であることを確かめるように、ツィツィーは自らの手や顔に触《ふ》れたあと、そろそろとベッドから立ち上がる。窓から見えるのは夜の帳《とばり》が下りた大学構内の景色。大丈夫。今が現実だ。

（でも今回の悪夢はすごく長かったです……。それに最後『捕まえた』って……）

言いようのない不安に襲われ、ツィツィーはぶるっと身を震わせる。さすがにすぐに眠りにつく気にはなれず、ツィツィーは気分転換《きぶんてんかん》をしようと廊下に出た。

日中も人の少ない建物ではあるが、この時間はなおさらで――逆に耳鳴りが聞こえてきそうなほどの静寂《せいじゃく》の中、ツィツィーはそっと窓辺に近づく。ガラス板の向こうには図書館が見え、ツィツィーは先日手にした本のことを思い出した。

（精霊王、王妃リステラリア、王弟……。どうしてかしら、ずっと胸に引っかかっている……）

すると閉館しているはずの図書館の正面に、見覚えのある人影《ひとかげ》を発見した。

柔《やわ》らかい金の髪に青紫の瞳《ひとみ》――

（あれは……リーリヤさん？　どうしてこんなところに……）

挨拶するべきかと階段の方を向く。

だがすぐに「何故こんな時間まで大学に？」という疑問に行き当たった。

（私のことは知らないでしょうし……。何かの事情で、帰るのが遅《おそ》くなったとかでしょうか？）

ふっと別《わか》れ際《ぎわ》にガイゼルが告げた『顔見知りの相手であっても、けして油断するな』という言葉がツィツィーの頭をよぎった。

きっとそういう意味ではないと理解しつつも、ツィツィーは窓の傍に留《とど》まりリーリヤの動向を見守る。すると彼は自分のいる研究棟へ、迷うことなく接近して来るではないか。

（玄関には護衛の方もいますし、ご用があればきっと伝言が――）

だがツィツィーの悪い予感は現実となり、階下で何やら言い争う声が聞こえてくる。

その直後、重いものが壁に突き当たるような激しい衝撃音がした。

「……⁉」

護衛たちの怒号《どごう》、剣戟《けんげき》の音が続く。

蒼白《そうはく》になったツィツィーは、急いでリジーたちが休んでいる隣室の扉を叩《たた》いた。

「リジー！　起きて！　下で何か大変なことが……」

だがリジーたちが出て来るよりも早く、ぎし、ぎしと階段を上がる足音が近づいて来た。

階下の物音がやんでいる。護衛たちはどうなったのだろうか――とツィツィーは不安を覚えつつ、たまらずその場から逃《に》げ出《だ》した。

(たしか、一階の裏手に通用口があったはず……)

足音が聞こえる階段とは反対に走り、もう一つの階段を慌ただしく駆け下りる。

その途中《とちゅう》、床《ゆか》が崩《くず》れ落《お》ちる――先ほど見た悪夢の展開がふと頭をよぎったが、幸い正《まさ》夢《ゆめ》ではなかったようでツィツィーは無事に下階《かかい》へと到達《とうたつ》した。扉に駆《か》け寄《よ》ると二重になっている内鍵《うちかぎ》を外す。

(まるで、いつもの夢が現実になったみたい……)

すぐさま外に飛び出し、本当にリーリヤなのか、侵入者《しんにゅうしゃ》の正体を確かめようとツィツィーは顔を上げる。すると同じくこちらを見下ろしていた彼と窓ガラス越しにはっきり目が合った。

(リーリヤさん……どうして……?)

するとリーリヤは美しい青紫の瞳を細め、口角をにいっと釣《つ》り上《あ》げる。

その笑《え》みを目にした途端、あの『悪夢』がフラッシュバックした。

(逃げないと――)

ツィツィーは夢の中と同じ思いに駆られながら、必死になって敷地《しきち》の奥へと逃げ込んだ。

しかし普段外を出歩かないため、どこに何があるか皆目《かいもく》見当がつかない。

(どうしましょう、このままでは追いつかれてしまいます……)

だが、慌てて曲がろうとした建物の角で、どんっと誰かにぶつかった。

回り込まれた⁉ と焦《あせ》ったツィツィーは即座に身を翻《ひるがえ》そうとする。だが覚えのある声に呼びかけられ、すぐに足を止めた。

「ツィツィー様⁉」

「イスタ教授……？」

そこにいたのはリーリヤではなく、イスタ教授だった。

尋常《じんじょう》ではないツィツィーの様子に気づいたのか、不思議そうに尋ねてくる。

「どうされましたか、こんな夜更《よふ》けに」

「実はその、建物に侵入者が……」

「侵入者⁉」

物騒《ぶっそう》な単語にイスタ教授はあわわわと分かりやすく取り乱す。

だがすぐにツィツィーの手首を握り込むと、力強く足を踏み出した。

「とりあえずこちらへ。向こうに僕の寮《りょう》があります。そこに隠れましょう！」

「あ、ありがとうございます……！」

天の助けにツィツィーはようやくほっと胸を撫で下ろした。イスタ教授はそのましっかりとした足取りで大学の奥へ奥へと進んで行き、ツィツィーも少しずつ気持ちが落ち着いてくる。

（リジーたちは大丈夫でしょうか？　私が起こしてしまったばかりに……。下手《へた》に廊下に出ず、鍵をかけて部屋にいてくれていたら良いのですが……）

やがて、かつて領主の居館《きょかん》として使われていたという城の廃墟が姿を現した。周囲は鬱蒼《うっそう》とした森に囲まれており、不思議に思ったツィツィーはイスタ教授に問いかける。

「あの、イスタ教授。それで寮というのはどちらに――」

「……」

そこでツィツィーは、初めて違和感《いわかん》を覚えた。

確かめるように耳を澄《す》ます――やはり聞こえてこない。

「イスタ教授！」

ツィツィーが叫《さけ》んだことで、前を歩いていたイスタ教授はようやく足を止めた。

摑まれた手首はそのままで、ツィツィーはいよいよ恐怖する。

（どうして何も……『心の声』が聞こえないの？）

以前のイスタ教授であれば他の人同様、『心の声』が明確に聞こえてきたはずだ。

だが今までいくらツィツィーの方が取り乱していたとはいえ、ここに移動するまでの間、彼から一切『心の声』が漏《も》れてこなかったのはさすがにおかしい。

「――どうされましたか、ツィツィー様」

「あなたは……本当に、イスタ教授なのですか……？」

振り返ったイスタ教授が、突然にいと口元を歪《ゆが》めた。

月明かりに眼鏡のレンズが光り、一瞬《いっしゅん》その顔が分からなくなる。

「――っ！」

すると遠くから、警備兵たちの『心の声』が聞こえてきた。

『まさか侵入者が……他にも仲間がいるのか？』

『早く皇妃殿下を見つけ出さねば大ごとだぞ……！』

（人が……！）

ツィツィーは自身の存在を主張するべく、出来る限り大きく声を上げる。

「ここにいます！　助けてください‼」

「……！」

イスタ教授が怯《ひる》んだわずかな隙を突いて、ツィツィーは渾身《こんしん》の力で彼の手を振《ふ》り解《ほど》いた。

教授は短く舌打ちし、再びツィツィーを捕らえようとする――がそれよりも早く複数の足音が近づいて来た。

さすがに不利だと判断したのか、イスタ教授はにっこりと微笑む。

「まあいっか。もう夢で捕まえたことだし」

「……？」

「次に目覚めるのを楽しみにしているよ」

直後、警備兵たちの「いたぞー！」という合図を耳にした時には、すでにイスタ教授はツィツィーの眼前から姿を消していた。どこに行ったのかと訝《いぶか》しむ間もなく、ツィツィーの足から急速に力が抜《ぬ》けていく。

（何？　どうして、急に……）

ついに立っていることすらままならなくなり、そのままどさりと地面に倒《たお》れ込《こ》んだ。

駆けつけた兵士たちが慌ててツィツィーを助け起こす。

「ツィ、ツィツィー皇妃殿下！　どうしてこんなところに……」

「だ、大丈夫ですか!!」

（言わないと……リーリヤさんだけじゃない。イスタ教授も……危険……）

だがどれだけ言葉を発しようとしても、喉が微動《びどう》だにしない。

いよいよ意識が混濁《こんだく》し、ツィツィーは最後に思い浮かべる。

（ガイゼル……様……）

周囲の必死の呼びかけも虚《むな》しく、ツィツィーは黒い手に搦め捕られるように、暗い眠りの沼《ぬま》へと引きずり込まれていった。

第三章 記憶がなくて大変です。

その夜。

リヴ・モナに着いたガイゼルが目にしたのは、病室で眠《ねむ》るツィツィーの姿だった。

昼夜を分かたずの強行軍に疲労困憊《ひろうこんぱい》したヴァンが、目の下にクマを浮かべた状態で報告する。

「昨夜未明、リーリヤが大学内へ侵入《しんにゅう》。皇妃殿下《こうひでんか》が宿泊《しゅくはく》されている研究棟《けんきゅうとう》を襲《おそ》い、玄関《げんかん》にいた護衛たちに暴行を加えています。その後建物内に足を踏《ふ》み入《い》れたものの、騒《さわ》ぎを聞きつけた増援《ぞうえん》の手によって三階の廊下《ろうか》で拘束《こうそく》。しかしながらすでに、部屋に皇妃殿下のお姿はなかったそうです」

「……」

「事件当夜、隣室《りんしつ》にいた侍女《じじょ》が自分たちを起こす声を聴《き》いています。ですが扉《とびら》を開けても皇妃殿下のお姿はなく、代わりにリーリヤを目撃《もくげき》したが、そのあと何故《なぜ》か朝までの記憶がないと。現場を検証《けんしょう》したところ、一階の通用口に掛《か》けられていた内鍵《うちかぎ》が開いていたことから、皇妃殿下はご自身で開錠《かいじょう》し、外へ脱出《だっしゅつ》したものと考えられます」

ヴァンの声を聞きながら、ガイゼルはツィツィーの元へゆっくりと歩み寄った。

白いシーツが掛かった大きなベッド。

ツィツィーはその中央で静かに横たわっている。

「皇妃殿下は、大学構内奥にある城址《じょうし》近くで倒《たお》れておいでのところを発見されました。立入禁止のロープが張られており、普段《ふだん》は兵士たちの警邏《けいら》ルートから外れている場所だそうです。ただ当日は皇妃殿下の姿が見当たらないという緊急事態を受け、範囲《はんい》を広げて捜《そう》索《さく》を行っていたと」

「……」

「助けを求める皇妃殿下の声を聞いた兵士もおり、すぐに周辺を確かめましたが、怪《あや》しい者の姿はなかったと証言しています。幸い皇妃殿下にお怪我《けが》はなく、毒物や薬物反応などもないようですが……。それ以降、ずっとこのような昏睡状態《こんすいじょうたい》に陥《おちい》られたままだと――」

ガイゼルは枕元《まくらもと》に置いてある椅子《いす》に座ると、そっと彼女の手を取る。

もともと白かった肌《はだ》はいっそう青白くなっており、その生気のなさにガイゼルはこれまでに体験したことのない恐怖《きょうふ》を感じた。

（やはり……離れるべきではなかった）

繋《つな》いだ手に力を込《こ》めるが、それでもツィツィーが目覚めることはなく――ガイゼルは下《した》唇《くちびる》を噛《か》みしめると、彼女の手を下ろしヴァンの方を振《ふ》り返《かえ》る。

「……リーリヤと直接話をする。牢《ろう》まで案内しろ」

ヴァンの先導で正門脇《せいもんわき》にある守衛室へと向かう。

鉄格子《てつごうし》の向こうで怯《おび》えるリーリヤは、ガイゼルの入室に気づいた途端《とたん》、「ひいっ」と飛び上がった。

リヴ・モナの宰相《さいしょう》がすぐさま迎《むか》え、深々と頭を下げる。その背後には、大学内の警備を担当している兵士たちが戦々恐々《せんせんきょうきょう》といった様子で待機していた。

「ガイゼル陛下《へいか》！　この度《たび》は、不手際《ふてぎわ》を何と言ってお詫《わ》び申し上げればよいか……」

「侵入者というのはこいつだけか。他に賊《ぞく》が構内に潜伏《せんぷく》している懸念《けねん》は」

「捕《と》らえたのはこの男だけでございます。一日かけて一帯をくまなく捜索いたしましたが、特段怪しい者はおりませんで――」

するとガイゼルは宰相の言葉が終わるよりも早く、リーリヤと己《おのれ》を隔《へだ》てている鉄格子を力いっぱい蹴《け》り飛《と》ばした。真《ま》っ直《す》ぐだった鉄の棒が靴底形《くつぞこがた》に変形し、蒼白《そうはく》になるリーリヤに向かって地の底を這《は》うような声で糾《ただ》す。

「貴様、ツィツィーに何をした」

「ご、誤解です、ぼくは、なにも」

涙目《なみだめ》でがたがたと震《ふる》えるリーリヤを、ガイゼルはなおも睨《にら》みつける。

「今すぐツィツィーを元に戻《もど》せ」

「む、無理ですよ!!　そもそもぼく、どうしてここに来たのかも、何も覚えてないんですって！　そのうえヴェルシアの皇妃殿下を襲うなんて、そんな恐《おそ》ろしいことするはずがありません！」

ぎゃあぎゃあと喚《わめ》くリーリヤを一瞥《いちべつ》し、ガイゼルは顔をしかめる。

（どこまでが虚言《きょげん》だ？　しかしヴァンの報告を聞く限りでは、ツィツィーとこいつが接《せっ》触《しょく》した場面はない……。やはり複数犯か？　リーリヤが陽動し、その隙《すき》に仲間がツィツィーを攫《さら》う――）

だが現場の状況《じょうきょう》からは、ツィツィーは自らの足で外に逃《のが》れたと見られている。

（ツィツィーは何らかの理由でリーリヤの襲来《しゅうらい》に気づき、建物から逃《に》げ出《だ》した……。だがそれならばどうして、わざわざ人気《ひとけ》のない方に向かった？）

普通《ふつう》に考えれば巡回《じゅんかい》の兵士や守衛室、もしくは知り合いの教授たちを頼《たよ》るはずだ。

しかしツィツィーが見つかった場所を聞く限り、それとはまるっきり逆の行動を取っている。土地勘《とちかん》もない上にたった一人で、しかも夜中にそんな辺鄙《へんぴ》な場所まで行けるものだろうか。

（やはり誰《だれ》かに連れ去られたとしか思えん……）

ガイゼルは頭をがしっとかくと、鉄格子の一本を乱暴に掴《つか》んだ。

「仲間がいるならとっとと吐《は》いた方が身のためだ。大体、何も覚えていないという奴《やつ》がどうしてツィツィーのいる建物を襲撃《しゅうげき》する？　貴様の目的はなんだ」

「だから仲間なんていませんし、皇妃殿下を襲う理由もありませんー！」

進まぬ会話に苛立《いらだ》ったガイゼルは、部屋の隅《すみ》にいた宰相にぎろりと視線を投げる。

恐ろしい無言の重圧を受けて、宰相は緊張《きんちょう》した面持《おもも》ちで口を開いた。

「き、昨日からこのように、とにかく『覚えていない』の一点張りでして……。現在我《わ》が国《くに》の総力を挙《あ》げて、大学内の教授、職員、生徒ら全員を調査しておりますが、彼と面識のある関係者もおらず――」

「明朝までにすべて完了《かんりょう》させろ。該当者《がいとうしゃ》を必ず見つけ出せ」

「か、かしこまりました！」

脱兎《だっと》の勢《いきお》いで宰相が飛び出して行ったあと、ガイゼルは改めてリーリヤを見下ろした。

「本当に貴様は、何も記憶《きおく》にないのか」

「は、はい！　大体、皇妃殿下がここにおられること自体知りませんでしたし、そもそもそんなすごい方、会ったことすらありませんよ……。もうやだ……何でもしますから早く牢から出してくださいぃ……」

「……」

その口ぶりに、ガイゼルはわずかに眉《まゆ》をひそめる。

（実際に話してみると、以前会った時と随分《ずいぶん》印象が違《ちが》うな……）

怒《いか》りでしばし冷静さを欠いていたとはいえ、リーリヤとはこんな風に意気地《いくじ》のない男だっただろうか？　かつて宴《うたげ》の席で、自分を前にしても不遜《ふそん》な態度を変えなかった奴にはとても思えない。なにより——

（こいつ……ラシーのことも忘れているのか？）

疑問に思ったガイゼルは、彼に別件を質《ただ》した。

「貴様、思い出せる最後の記憶はいつだ」

「へ⁉　ええと、い、一年前くらいでしょうか……。あの頃《ころ》は芸人仲間とウタカに巡業《じゅんぎょう》に来ていて……」

「そこで医師を名乗る男と会ったことは？」

「い、医師ですか？　そう言われれば昔少しの間だけ、一座で一緒《いっしょ》になったことがあるような……。……ああ！　たしか傭兵《ようへい》を生業《なりわい》にしているとか、そこで軍医みたいなことをしていた人ですよね。穏《おだ》やかなのにすごいしっかりしてて、薬草とか地理とか昔のことにめちゃくちゃ詳《くわ》しくて……」

（これはあの男のことか？　だが、俺が奴から受けた心証とはまるで——）

うーんうーんとなおも首を捻《ひね》るリーリヤを前に、ガイゼルは脇にいた兵士たちの上役らしき男に命令する。

「こいつの身柄《みがら》はヴェルシアが貰い受ける。昨夜の侵入に際して、動機、前後の行動、協力者の有無《うむ》などをもう一度洗い直せ。それから――『リグレット』という薬草に関して、知っていることがないか締め上げろ」

「はっ！」

守衛室を出たところで、ヴァンがガイゼルに口を開いた。

「なんだか、ラシーで見かけた時とは別人のようでしたね」

「お前もそう思うか」

ツィツィーの手を求め、ガイゼルの牽制《けんせい》を前にしても飄々《ひょうひょう》としていた優男《やさおとこ》。

それが今では、こちらの顔色を見ては怯える小物と化している。

おまけにここ一年ほどの『記憶がない』という証言。

「似ていると思わないか、ヴァン」

「似ている、ですか？」

「ベルナルドに『リグレット』を流した『軍医』とだ」

「……！」

彼もまた「ベルナルドに会ったことなどない」と言っていた。それに先ほどリーリヤが口にした『軍医』がヴェルシアで捕らえた男と同一ならば、ガイゼルが把握《はあく》している実際の心証とはかなりの差違《さい》がある。

あまりに似通ったそれぞれの証言に、ガイゼルは一人考えを巡らせた。

（身に覚えがないというリーリヤの言い草が本当ならば……。ツィツィーは何から逃げていて、そして……誰に襲われたというんだ？）

昏々と眠るツィツィーの顔を思い出し、ガイゼルはごくりと息を呑《の》んだ。

「……とにかく今は、ツィツィーを回復させることが最優先だ。大学内のすべての医師を治療《ちりょう》にあたらせ、覚醒《かくせい》させる手段を一刻も早く突き止めろ。万一不満が出るようなら、リヴ・モナ王家には俺が直接話をつけに行く」

「承知いたしました」

守衛室に引き返すヴァンと分かれ、ガイゼルは再びツィツィーの眠る部屋へ向かう。扉を開けると世話役に残していたメイドたち、そしてリジーが甲斐甲斐《かいがい》しくツィツィーの看護をしていた。

主《あるじ》の訪問に気づくとそれぞれ慌《あわ》ただしく一礼し、すぐさまベッドまでの道を開ける。ガイゼルは物音一つ立てないように歩み寄ると、ツィツィーの傍《そば》にしゃがみ込んだ。

（いったいお前に……何が起きている……）

彼女の手を取り、祈《いの》るように自らの額に引き寄せる。

「ツィツィー、目を覚ましてくれ……。頼《たの》む……」

絞《しぼ》り出《だ》すような切ない声が、ツィツィーの胸へそっと零《こぼ》れた。

◆

ぽかぽかと暖かい陽光のもと、ツィツィーは高い塔《とう》の上に立っていた。

眼下には青々とした緑が広がっており、そこかしこから幼い『精霊《せいれい》』の声がする。

「またここにいたのかい、リステラリア」

「陛下」

名前を呼ばれ、ツィツィーは嬉《うれ》しそうに振り返った。

そこにいたのは金の髪《かみ》に青紫《あおむらさき》の目をした美丈夫《びじょうふ》で、ツィツィーはわずかに違和感を覚える。

（陛下は……こんなに明るい髪色だったかしら……）

だがその疑問を口にするより早く、彼は景色を見晴るかしながらツィツィーの隣に並ぶ。

「しかし君は、本当にここが好きだね」

「はい。だってここがいちばん、みんなの声がよく聞こえるんですもの」

そう言うとツィツィーは両手を自身の耳殻《じかく》の後ろに当てた。

先ほどよりも鮮明《せんめい》に可愛《かわい》らしい『声』が集まってきて、今日もみんな幸せに暮らしているのね、とツィツィーはしみじみと実感する。

「いっそ、君が王様になった方が良かったんじゃないのか？」

「何をおっしゃるんです！　陛下のご威徳《いとく》があってこそ、わたしたちはこうして健《すこ》やかに生きていけるんですから」

「はは、そうか」

　暖かい風が、遠く南国の花の香りを運んでくる。心地《ここち》よいそれに身を任せ、しばし銀の髪を踊《おど》らせていたツィツィーの肩《かた》を、隣にいた彼が優《やさ》しく抱《だ》き寄《よ》せた。

「でも本当に良かった。君がこうして、僕の隣にいてくれて」

「陛下……」

「そう、ずっと待っていた――」

　やがてもう一方の手がツィツィーの頬《ほお》に伸《の》び、そっと彼の方を向かされる。ツィツィーはそれが何を求めるものなのかを自然と理解し、恥《は》ずかしそうに目を閉じた。

　だが背後で突然《とつぜん》、バァンと荒々しい音が響《ひび》く。

「――!?」

　驚《おどろ》いたツィツィーはすぐさま振り返った。

　見れば塔の出入り口の扉が無残に破壊《はかい》されており、その奥から真っ黒な髪と服の男がのっそりと姿を現す。突如《とつじょ》現れた脅威《きょうい》に、『陛下』は素早《すばや》くツィツィーを自身の背後にかばった。

「危険だ、隠《かく》れて」

「は、はい！」

ツィツィーは『陛下』の背に回りながらも、こわごわとその男を観察する。まとっている空気は血と鉄錆《てつさび》の臭《にお》いが強く、とても自分たちと同じ『精霊』とは思えない。

（いったい誰？　もしかして、人間……？）

しかし攻撃《こうげき》を仕掛けてくるのかと思いきや、男はその場から一歩も動かなかった。

ただ何かを必死に呻《うめ》いており、ツィツィーはその『心の声』を拾い上げる。

『ツィツィー、目を覚ましてくれ……。頼む……』

（ツィツィー？）

初めて聞く名前に、ツィツィーははてと首を傾《かし》げる。

もしかしたらこの男性はどこか具合が悪いのかもしれない——とツィツィーは思わず男の元に近づこうとした。

だがその腕《うで》を、傍にいた『陛下』がはしっと掴む。

「だめだ、リステラリア。行ってはいけない」

「で、ですが……。なんだかとても苦しそうですし……」

「あれは『悪《あ》しき精霊』だ。僕らの仲を乱し引《ひ》き裂《さ》こうとしている」

「そんな……」

改めて黒い男を見る。確かに体も大きく、襲われたらひとたまりもなさそうだ。

だけど不思議と彼に恐ろしさを感じず、ツィツィーは戸惑《とまど》いのまま『陛下』を振り返る。

（どうしてでしょう……。わたしはこの人の――『妻』のはずなのに……）

ひと際《きわ》強い風が、『精霊国』の木々をざわりと揺《ゆ》らす。

ついさっきまで安らぎを感じていたはずの景色が――ツィツィーの目の前で、ぐらりと揺らいだ気がした。

◆

時刻は夜。

ツィツィーが昏睡状態に陥ってから三日が経過した。

たっぷりと水分を含《ふく》ませた布を、リジーがツィツィーの口元に当てる様子をぼんやりと眺《なが》めながら、ガイゼルは動く気配のない彼女の手を改めて握《にぎ》り直《なお》す。

空色の美しい虹彩《こうさい》は瞼《まぶた》に隠されたまま。食事がとれないせいか頬はわずかにこけ、唇《くちびる》には細かい縦皺《たてじわ》が刻まれ始めた。肌はまるで骨灰磁器《こっかいじき》のような無機質な白さで、本当に等身大の人形が横たわっているかのようだ。

（ツィツィー……）

昏《くら》い瞳《ひとみ》でツィツィーを見つめるガイゼルに、リジーが恐る恐る進言する。

「陛下、飲み物だけでも口にしていただけませんか？」

「いらん」

「ですが――」

「こいつも、何も食べていないのに」

その言葉を聞いたリジーは、続く言葉を吞《の》み込《こ》んだ。

するとこんこんと控《ひか》えめなノックの音が響き、きいと部屋の扉が開く。

「失礼いたします、皇妃殿下のご様子を確認に参りました」

「……ロイか」

現れたのは、ツィツィーの悪夢治療を担当していたロイ教授だった。

彼はガイゼルに一礼してからツィツィーの元に近づくと、慎重《しんちょう》に手首で脈を測る。他の医師たちもここ数日入《い》れ替《か》わり立《た》ち代《か》わり診《み》に来たが、誰一人として容態《ようだい》を改善できる者はいなかった。

「わずかですが瞼と脈拍《みゃくはく》に乱れがあります。皇妃殿下は今、とても長い夢を見ておられるのかもしれません……」

「夢、か」

「……本当に申し訳ありません。自分の研究を頼りに、こうしてリヴ・モナまでご足労いただいたというのに、まさかこんなことになってしまうなんて……」

「……」

再び重たい沈黙《ちんもく》があたりを覆《おお》い尽《つ》くしたところで、またも扉を叩《たた》く音がする。

次に顔を見せたのはイスタ教授だ。

顔見知りということもあってか、医師でもないのに昏睡状態になったツィツィーを度々《たびたび》見舞《みま》いに来ていた。だが今は何やら顔色が悪く――ガイゼルの傍に近寄ると、おずおずと口を開く。

「ガ、ガイゼル陛下……ツィツィー様がご不例《ふれい》の時に、大変恐縮《きょうしゅく》なのですが……実はその、これを渡せと脅《おど》されまして――」

イスタが震える手で差し出した紙を、ガイゼルは素早くむしり取った。

そこには『妃《きさき》を助けたければ、図書館の裏手に来い』と書かれている。

（――っ!!）

読み終えるのとほぼ同時に、ガイゼルはイスタの胸倉《むなぐら》を掴《つか》み、乱暴に廊下へと連れ出した。そのまま彼を壁《かべ》へと押しつけると、据《す》わった目でねめつける。

「誰が寄越《よこ》した」

「す、すみません!!　顔を隠していて、よく見えなくて……」

気弱そうなイスタ教授が、恐怖に顔を引きつらせながらも続ける。

「でもあの、命令に従わないと……このことを他の誰かに言ったら、殺すと……」

「──くそっ！」

リジーとロイが残っている病室を一瞥《いちべつ》すると、ガイゼルはイスタに命じた。

「図書館はどこだ。すぐに案内しろ」

「は、はい！　こちらです‼」

ガイゼルはイスタの先導で棟の外に出る。

雲に覆われた真っ暗な夜空の下、前を走るイスタがぜぃはあと息を切らしていた。

やがて異国の神殿《しんでん》をモチーフにした巨大《きょだい》な建築物が二人の前に現れる。

「こ、ここが、図書館ですが……」

イスタの案内もそこそこに、ガイゼルは指示に従い建物の裏へと回り込んだ。

綺麗《きれい》に整備された正面側とは異なり、伸びた雑草や茂《しげ》った木々が周囲の視界を遮《さえぎ》っている。一歩踏み込むとばきりと枯《か》れ枝《えだ》の折れる音がし、イスタが「ひゃあぁ」と情けない声を上げた。

「ほ、本当に、ここで良《い》いのでしょうか……」

「十分だ。貴様は戻って、ヴァンに事情を話してこい」

「は、はい……！」

額に浮かんだ汗《あせ》を拭《ぬぐ》いながら、イスタは慌ただしく踵《きびす》を返《かえ》す。

だがその直後、彼の顔から一切《いっさい》の表情がなくなった。

「……」

振り返り、ガイゼルの様子を窺《うかが》うと眼鏡の下の目をにいっと細める。

その胸元《むなもと》から静かにナイフを取り出すと、足音もなく彼の背後に近づき、慣れた動きで振りかざした——


リジーが花瓶《かびん》の水を入れ替えていると、廊下から慌ただしい足音が近づいてきた。

短いノックのあと、こちらの返事を待たずしてヴァンが飛び込んで来る。

その勢いに、同じく部屋にいたロイも目をしばたたかせた。

「失礼します！　陛下——陛下？」

「陛下でしたら、先ほどイスタ教授と出られましたが……」

「しまった、入《い》れ違《ちが》いになったんですね」

眉を寄せるヴァンを見て、リジーは思わず尋ねた。

「あの、何か進展があったのですか？」

「ええ。皇妃殿下の件なのですが、誰かと——おそらく男性と一緒だったことが分かりました」

「男性、と言いますと……」

「実は皇妃殿下が発見されたあたりの地面は粘土質《ねんどしつ》で、歩けばほぼ確実に靴底にそれが付着するそうなのです。さらに足跡《あしあと》も残る。現場付近を大学の専門職の皆《みな》さんに調べてもらったところ、皇妃殿下の足跡と共に、男性らしき大きさのものも見つかりました。深さからおおよその体重も割り出すことが出来るそうなので、その足跡の主《ぬし》を突き止めれば――」

真犯人に肉薄《にくはく》していく情報を耳にし、リジーとロイはこくりと息を呑む。

するとヴァンの話し声に反応するように室内の空気が揺れ、ベッドに横たわっていたツイツィーが突如ぱちりと瞼を持ち上げた。澄《す》んだガラス玉のような瞳が露《あら》わになり、気づいたリジーは慌てて呼びかける。

「妃殿下⁉　お目覚めに――」

だが喜びに頰を紅潮させるリジーとは対照的に、ツィツィーは無表情のままむくりと体を起こすと、静かにベッドから足を下ろした。突然のことに呆然《ぼうぜん》とするリジーやロイ、ヴァンの脇をすり抜《ぬ》けるようにふらりと病室を出る。

「こ、皇妃殿下⁉」

ようやく我に返ったヴァンが急いで追いかけるも、ツィツィーの姿は明かりのない真っ暗な廊下の先へと消えていた。焦《あせ》ったヴァンが二人に告げる。

「すみません、皇妃殿下を追います‼」

リジーとロイも追随《ついずい》する。

「わ、私も行きます！」

「自分も手伝いましょう。見失っても構内であれば庭も同然なので」

「助かります。陛下を見かけましたら、すぐに連絡を」

騒ぎを聞きつけたメイドに伝言を頼み、ヴァンとリジー、ロイはそれぞれツィツィーを追って走り出した。


——ぎゃき、という金属の擦《こす》れ合《あ》う耳障《みみざわ》りな音が響いた。

「まさか、これを受け止めるとは思いませんでした」

「……」

イスタが振りかざしたナイフを、胸元に隠《かく》し持《も》っていた短剣《たんけん》で防《ふせ》いだガイゼルは、無表情のまま手にぐっと力を込めた。

そのまましばらく睨み合っていた二人だったが、分《ぶ》の悪さを感じ取ったのか、イスタがさっと距離《きょり》を取る。

「どこで気づきました？」

「『ツィツィー様』からだ。以前のイスタは『皇妃殿下』と呼んでいた」

「なるほど。細君《さいくん》に関することは、本当によく気にしておられますね」

細身のナイフをくるくると回しながら、イスタが苦笑《くしょう》した。

そんな彼を睨みつけたまま、ガイゼルは手にしていた短剣を構え直す。

「お前は何者だ」

「イスタです。経済学の権威《けんい》、イスタ・レインガー」

相手が言い終わるのを待たずに、ガイゼルは大きく一歩を踏み込む。

イスタはわずかに目を細めると、まるで軽業師《かるわざし》のようにくるりと後方に跳躍《ちょうやく》した。再び彼我《ひが》の差《さ》が開き、ガイゼルは舌打ちしながら間合いを測る。

「何が目的だ」

「そんなの一つしかありません。彼女を迎《むか》えに来た。ただ……あなたが邪魔《じゃま》なんです、ガイゼル陛下。あなたが夢に介入《かいにゅう》してくるせいで、彼女の心が揺らいでしまう」

「……夢？」

にいと笑ったあと、イスタは懐《ふところ》から太い針のような投擲武器《とうてきぶき》を取り出すと、ガイゼルに向けて放《はな》った。ガイゼルは剣身《けんしん》でそれらを弾《はじ》きながら一足飛《いっそくと》びに跳躍し、イスタに向かって斬《き》りかかる。

素早く頭をそらしてその攻撃をかわしたイスタだったが、反動で眼鏡がずれてしまった。

隙を突き、ガイゼルは力の限りイスタの横腹を蹴り飛ばす。

鍛《きた》え上《あ》げられた武人としての体格と、学者のそれとでは差は歴然で、イスタは派手な音を立てて図書館の外壁《がいへき》へと叩きつけられた。

同時に、彼の持っていたナイフがガイゼルの足元へと転がり落ちる。

「……ぐっ！」

「もう一度だけ聞く。お前は何者だ」

ガイゼルは再び短剣を握りしめる。

その時遠くから、ざわざわと喧騒《けんそう》が聞こえてきた。

（なんだ？　また何か起きたのか――）

しかし今は、この怪しい男を野放しにするわけにはいかない――とガイゼルはイスタから目を離さない。

するとと背後から突如、世界で最も愛すべき声が聞こえてきた。

「――やめてください！」

「ツィツィー⁉」

そこに現れたのは紛《まぎ》れもなく、先ほどまで病室で眠り続けていたはずのツィツィーだった。ガイゼルは嬉しさと動揺《どうよう》で一瞬《いっしゅん》思考が止まりかけるも、こちらに走って来る彼女をすぐさま抱きしめようとする。

しかしツィツィーはそんなガイゼルの脇をするりと抜け——壁にもたれて朦朧《もうろう》としているイスタの元に一目散に駆《か》け寄《よ》った。

「離れろ！　そいつは——」

ガイゼルが制止するも、ツィツィーは少し涙《なみだ》ぐんだままイスタの傍にしゃがみ込み、心配そうに彼の頬や手に触《ふ》れる。

「大丈夫《だいじょうぶ》ですか、しっかりしてください！」

「ツィツィー……」

「なんて……ひどいことを……」

はっきりとした非難の目を向けられ、ガイゼルは今までにないほどうろたえる。

やがてイスタが「うう、」と苦しげに呻いた。

とにかく二人を引き離さなければ、とガイゼルが近寄ろうとするも——ツィツィーはイスタをかばうように立ちふさがる。

「もう、もうやめてください……」

「ツィツィー、何故《なぜ》だ！」

訳が分からずガイゼルは激昂《げっこう》する。

すると騒ぎを聞きつけたのか、ツィツィーと共に病室にいたはずのロイ教授が、ぜいはあと息を切らしながらガイゼルの背後に現れた。

「ガ、ガイゼル陛下⁉　これはいったい――」

「俺にも分からん。ツィツィーが目覚めたのか？」

「は、はい！　ついさっき突然起き上がられたかと思うと、我々が驚いているうちに病室を出られて――」

（どういうことだ？　何故急に――）

そうこうしているうちに、イスタがゆっくりと顔を上げた。

自身の前に立つツィツィーとそれに対峙《たいじ》するガイゼルに気づくと、ぱちぱちと目をしばたたかせる。

「皇妃殿下、それにガイゼル陛下……？　いっ、いたた……ど、どうして……？」

（……イスタ？）

先ほどまでとまるで人が変わったようなイスタの様子に、ガイゼルは眉を寄せる。

その直後、背中に強烈な殺意を感じ、ガイゼルは反射的に身を翻《ひるがえ》した。

刹那《せつな》、熱した火かき棒を押しつけられたような痛みが脇腹《わきばら》に走る。

「――ッ……‼」

あまりの激痛に目を見張りながら、ガイゼルはすぐに相手を確認した。

そこにいたのは、たった今言葉を交《か》わしたロイ教授。

手には地面に転がっていたはずのイスタのナイフが握られており、刃《やいば》は――ガイゼルの体に深々と突《つ》き刺《さ》さっていた。

「ロイ、貴様……ッ」

「『言っただろう？　――君が邪魔だって』」

そう言うとロイは微笑《ほほえ》みながらナイフを引き抜き、ガイゼルは反撃《はんげき》する余地もないままどさりとその場に倒れ込んだ。今すぐにでも意識が飛んでしまいそうな激痛を堪《こら》え、流れ出る血を手で必死に押さえながら、目の前の状況を確認する。

（先ほどまでは、間違《まちが》いなくイスタが『敵』だった……。だが飛ばした意識を取り戻したと思った途端、今度はロイが――）

景色が歪《ゆが》む。

ロイがツィツィーの元に歩いて行く。

（……まさか、と思っていたが……）

あまりに現実的ではないと、あえて外していた考え。

話の噛み合わない『軍医』。

明らかに以前とは別人になっていたリーリヤ。

穏やかだったイスタの豹変《ひょうへん》。

ロイの突然の凶行《きょうこう》。

皆まさに『人が変わった』と言いたくなるほどの変貌《へんぼう》ぶりだ。

だがすべてがちぐはぐになる中、唯一《ゆいいつ》共通していたのが――ガイゼルに対する強い悪意。

『それ』はいつだってガイゼルに敵対的であった。

（軍医……リーリヤ……イスタ、ロイ……。誰か、じゃない……。もうひとり……別の『人格』が、移動しているのか……）

急速に狭《せば》まっていく視野。どくどくと大きく拍打《はくう》つ心臓の音。

薄《うす》れゆく意識の中、ガイゼルは最後の力を振り絞ってぐっと顔を持ち上げる。

目前にはツィツィーと、恭《うやうや》しくその手を取るロイの姿があり――ガイゼルは喉を逆流してくる血を地面に吐き出しながら、濁《にご》った声で弱々しくその名を呼んだ。

「ツィ……ツィ……」

だが彼女は声に振り向くこともなく――ガイゼルはそのまま気を失った。

第四章　それがすべての始まりです。

「……いか――陛下《へいか》!!」

「……」

うるさいほどに名前を呼ばれ、ガイゼルは眉間《みけん》に深く縦皺《たてじわ》を刻んだまま瞼《まぶた》を開けた。霞《かす》む視界に飛び込んできたのは、険《けわ》しい表情を浮《う》かべたヴァンだ。

「陛下！　良かった、気づかれましたか」

「……ここはどこだ」

「大学内の病院です。イスタ教授から連絡《れんらく》を受け、こちらで応急処置を」

ちらりと処置室の隅《すみ》に視線を向けると、包帯まみれになったイスタと目が合った。その眼差《まなざ》しだけでびくりと肩《かた》を震《ふる》わせる様子から、すでに彼の中には『いない』と判断する。

「今すぐにツィツィーを捜《さが》せ。ロイもだ」

「事情はイスタ教授から伺《うかが》いました。現在すべての出入り口を封鎖《ふうさ》して、大学内を捜索《そうさく》しております。ですがまだ発見に至らず――へ、陛下!?　いけません、動いては」

ヴァンの制止を無視して、ガイゼルはすぐさま体を起こした。その瞬間《しゅんかん》、息が出来なくなるほどの鋭《するど》い痛みが横腹に走り、ごまかすように強く手で押さえつける。

「――捜しに行く」

「そ、その体では無理ですよ！　とにかく少し休んで――」

「この程度、かすり傷だ」

ガイゼルはよろりと立ち上がると、サイドテーブルに置かれていた短剣《たんけん》を掴《つか》んだ。間違《まちが》いなくナイフが胴《どう》を切り裂いたというのに、ものの十数分で動けるまでに回復したガイゼルの姿を前にし、ヴァンとイスタは驚愕《きょうがく》に目を見開く。

一方ガイゼルは意識が途切《とぎ》れる直前のツィツィーを思い出し、改めて背筋を凍《こお》らせた。

（あの時のツィツィーは、まるで別人のようだった……。俺のことなど見も知らぬような……）

初めて目にする嫌悪《けんお》の瞳《ひとみ》。

形容しがたい恐怖《きょうふ》に駆《か》られたガイゼルは、痛みを押して足を踏《ふ》み出《だ》す。

それを見たヴァンが慌《あわ》てて「お待ちください！」と引き止めた。

「先にご報告したいことがございます。ロイ教授と、リーリヤのことで」

「リーリヤ？」

「はい。騒動《そうどう》の直後、ロイ教授がリーリヤの収監《しゅうかん》されている牢《ろう》に現れ、見張りの兵士たちに暴行を加えたそうです。その際牢の鍵《かぎ》を奪取《だっしゅ》、中にいたリーリヤを解放したという報告がありました。ただ不思議なことに……襲撃《しゅうげき》したロイ教授自身が、兵士たちに交《ま》じって直後に倒《たお》れたと」

「……リーリヤを逃《に》がしに行ったのか」

「ロイ教授については、意識が戻《もど》るまで監視《かんし》付きの部屋で休ませています。ですがイスタ教授も『ロイ教授が、突然《とつぜん》ガイゼル陛下を刺した』と証言していますし……。やはり皇妃《こうひ》殿下《でんか》の誘拐《ゆうかい》を目的とし、リーリヤとロイ教授が共犯関係にあったと見るのが——」

ヴァンの報告を聞いたガイゼルは、静かに視線を落とした。

「奴《やつ》らは犯人ではない」

「え⁉」

「正確には、奴らの中にいる『別の何者か』がツィツィーを攫《さら》ったんだ」

目をしばたたかせるヴァンをよそに、ガイゼルはずきずきとする横腹の痛みを堪《こら》えながら、必死に敵の動向を予測する。

(そいつはロイの体を捨て、操《あやつ》り慣《な》れているリーリヤの体を再度乗っ取った……。ツィツィーは今、そいつと一緒《いっしょ》に行動しているはず——)

するとそこに控《ひか》えめなノックの音が響《ひび》いた。

ヴァンが応じると、額に汗《あせ》したリヴ・モナの警備責任者らしき男性が現れ、ガイゼルとヴァンに捜索の進捗《しんちょく》をびくつきながら報告する。

「お、お話し中失礼いたします！　現在警備隊総出でツィツィー皇妃殿下の捜索に当たっておりますが、依然《いぜん》その行方《ゆくえ》を摑むことが出来ず……。これより学外、リヴ・モナ王都まで捜索範囲《そうさくはんい》の拡大《かくだい》を検討しております」

「大学構内から出て行くところを誰か見たのか？」

「い、いえ。先日の侵入事件《しんにゅうじけん》を受け、普段《ふだん》より厳重な警備体制を敷《し》いておりましたが、今日の夕刻からこの時間まで、不審人物《ふしんじんぶつ》が出入りしたという報告はありません。しかし構内にはこれ以上、捜索出来る場所がなく……」

それを聞いたガイゼルはしばし黙考《もっこう》する。

（人の体を渡《わた》り歩《ある》く不思議な能力――それがあれば、兵士たちの目を欺《あざむ》いての逃亡《とうぼう》は容易《たやす》かろう。だがツィツィーも共にとなると、その難易度は各段に上がるはず。外に出たという確かな目撃情報《もくげきじょうほう》もない……）

下手《へた》に人員を割《さ》いてしまえば、今度は大学内が手薄《てうす》になる。

かといってすでに二人が構外に抜《ぬ》け出《だ》していた場合、初動の遅《おく》れは取り返しのつかない悲劇を招く恐《おそ》れもあるだろう。

（くそっ！　どうすればいい……。こんなことをしているうちに、ツィツィーが手の届かないところに行ってしまったら――）

鼓動《こどう》が自然と速まり、背中に嫌《いや》な汗が滲《にじ》む。

すると突然、ガイゼルの胸元《むなもと》がぼうっと淡《あわ》く光った。

「――！」

反射的に押さえた場所には、修繕《リペア》されたばかりの護符《タリスマン》があり、ガイゼルは、ツィツィーからこれを貰《もら》った日のことを思い出すように輪郭《りんかく》をなぞった。

すると光がもう一度強く明滅《めいめつ》し、やがてふんわりと実体のない蝶《ちょう》が浮《う》かび上《あ》がる。

（なんだ、これは……？）

ツィツィーの瞳のような水色から、青、紫《むらさき》へと優美に色を変える蝶を前に、ガイゼルはごくりと息を呑《の》んだ。蝶はふわりとガイゼルの傍《かたわ》らを一周すると、まるでどこかに導くかのようにひらひらと目の前から離《はな》れて行く。

（ツィツィー……？）

ガイゼルは一瞬《いっしゅん》だけ思案し、すぐに一歩を踏み出した。

「へ、陛下⁉　どちらに――」

再び驚愕するヴァンを無視し、ガイゼルは処置室を出て青い蝶を追って行く。

悠然《ゆうぜん》とした羽ばたきとは裏腹に、蝶は確実にどこかを目指して飛んでいた。校舎の間をたゆたうように通《とお》り抜《ぬ》け、やがて薄暗《うすぐら》い森の手前に差しかかる。

ようやくガイゼルに追いついたヴァンが、はあと大きく息を吐《は》き出《だ》した。

「警備隊長には待機をお願いしました。陛下、お体に障《さわ》ります。やはり一度戻られては」

「ツィツィーを見つけ出すのが先だ」

だがヴァンの進言を聞き、ガイゼルはふと、腹部の痛みが無くなっていることに気づいた。改めて先ほどロイに刺された部位を軽く押さえる。

（どういうことだ？　傷がすでに塞《ふさ》がりかけている……）

考えてみれば、過去にも似たようなことがあった。

ヴェルシアに帰った途端兵に追われ、高い崖を馬で駆け下りた時。

養父《グレン》を助けるため、深い谷底に滑落《かつらく》した時。

どちらも生死をも危《あや》ぶむ場面だったため、必死だった記憶《きおく》しかないが——思えばあの時自分が受けた怪我《けが》は、常人では考えられないほど治りが早かった。

（いつからだ、こんな——）

しかし今はツィツィーを取り戻さなくては。

ガイゼルは呼吸を整えながら、蝶に誘《いざな》われるまま茂《しげ》みの奥に足を踏み入れる。ヴァンも慌ててあとを追いかけた。

「この奥は、現在立ち入りを禁じているという古城ですね……」

ヴァンの言葉通り、木々の奥に他とは大きく異なる雰囲気《ふんいき》の建物が現れた。

わずかな月明かりに照らされたそこはほとんど崩《くず》れ落《お》ちた廃墟《はいきょ》——元はここにあったと

いう領主の居館《きょかん》の名残《なごり》らしく、今はただ墓標のようにひっそりと佇《たたず》んでいる。

「行くぞ」

「はっ」

いつの間にか青い蝶は姿を消しており、ガイゼルはそのまま城へと踏み込んだ。

ヴァンも当然、すぐあとに続いたのだが――

「……陛下？」

足元の瓦礫《がれき》に目を向け、顔を上げるまでのほんの一瞬。

前を歩いていたはずのガイゼルの姿が煙《けむり》のように消えており――ヴァンはがらんとした玄関《げんかん》を、まるで狐《きつね》につままれたような気持ちで瞠目《どうもく》するのだった。


ひび割れた市松模様のタイルが散らばる玄関ホール。

そこから続く廊下《ろうか》の絨毯《じゅうたん》は、雨と土埃《つちぼこり》で本来の色が分からなくなっていた。天井《てんじょう》も半分ほど崩落《ほうらく》しており、ガイゼルは短剣を取り出して慎重《しんちょう》に相手方の気配を探《さぐ》る。

（ヴァンと分断されたか……。メイドたちにも使ったまじないの類《たぐい》かもしれん）

やがて突《つ》き当《あ》たりにある、ひと際《きわ》大きな扉《とびら》の前へとたどり着いた。鍵は壊《こわ》れているらしく、押すだけでぎぃと蝶番《ちょうつがい》が悲鳴をあげる。

どうやら昔はダンスホールだったらしく、豪奢《ごうしゃ》なシャンデリアが下がっていたであろう立派な天井や、手すりの崩れかけた楽団用の中二階《オーケストラボックス》が確認《かくにん》出来た。

その最奥《さいおう》――パーティーの主宰者《しゅさいしゃ》が座すべき壇上《だんじょう》の舞台《ぶたい》。

くすんだ暗赤色《あんせきしょく》の布が張られた椅子《いす》に、ツィツィーが座っていた。

「ツィツィー！」

当然ガイゼルはすぐさま駆《か》け寄《よ》ろうとする。

だがその椅子の背面から、金髪《きんぱつ》の男が薄く笑いながら姿を現した。

「まさか夢だけでは飽《あ》き足《た》らず、ここにまで乗り込んで来るとはね」

「貴様、何者だ」

「知っているだろう？　リーリヤだよ」

「それはその体の名前だ。お前の正体を言え」

沸々《ふつふつ》とした怒《いか》りを湛《たた》えたガイゼルを前に、金髪の男はにんまりと口角《こうかく》を上げる。

「へえ、ようやく気づいたんだ。なら名乗ってあげてもいいかな。僕は『クレーヴェル』。君たちが知る『精霊王《せいれいおう》』――その弟だ」

「精霊王の、弟……？」

「うん。あいにく影《かげ》が薄《うす》くて、伝承《でんしょう》とかにはほとんど残っていないけどね」

リーリヤ――もといクレーヴェルは椅子の背もたれに肘《ひじ》を乗せたまま、ツィツィーの顔をゆっくりと覗《のぞ》き込《こ》んだ。

「だいたい二千年くらい前かな。この世界には『精霊』と呼ばれるものが暮らしていた。その頂点に立っていたのが僕の兄、『精霊王』アドニス。そして妻であるリズ——リステラリア」

親しい間柄《あいだがら》ではリズと呼ばれていた、王妃《おうひ》リステラリア。

白銀の髪《かみ》に空色の瞳を持つ美しくて優《やさ》しい精霊。

クレーヴェルは密《ひそ》かに彼女のことを慕《した》っていた。

「僕の方が兄さんよりずっと先に好きになったのに、僕の方がずっと彼女を愛していたのに……。それなのに……リズは僕を選ばず、兄さんを選んだ」

裏切られたと思った。

壊してやろうと思った。

無垢《むく》な精霊たちには存在しなかったはずの『悪《あ》しき心』。

王に次いで高い能力を有し、リステラリアに強い執着《しゅうちゃく》を抱《いだ》いていたクレーヴェルは、己《おのれ》の中にまるで人間のような醜《みにく》い感情を生み出してしまったのだ。

「人間の中には、精霊は『不死』だと勘違《かんちが》いしている奴も多いけど、正しくはそうじゃない。生まれ持った魂《たましい》の力を使い切ってしまえば、ほぼ人間と同じような体になっていつか死ぬ。ただそれは自分の意志で選ぶ手段であって、一方的な殺意でどうこう出来るものじゃなかったんだよね」

だからクレーヴェルは同胞《どうほう》の『殺し方』について人間に尋《たず》ねた。

そして、それを実行した。

「まあ結局、僕の求めていた完全な『死』ではなく、単にリズの魂が粉々になっただけだったけどね。でもその状態なら、彼女は二度と『リズ』として存在することはない。体を持つこともしゃべることも出来ない。これでもう、リズは誰のものにもならないと思っていたのに――精霊王《兄さん》は本当に最後まで余計なことをしてくれた」

これまで他者と争うことなく、穏《おだ》やかに生きてきた精霊たちは『王妃の喪失《そうしつ》』をきっかけにクレーヴェル同様、様々な感情を持つようになった。怒《いか》り、憎《にく》しみ、妬《ねた》みといった人間特有の醜さを有した『悪しき精霊』たちは、ついに同胞をも傷つけ始める。

この事態を憂《うれ》えた精霊王は、ある決断をした。

「兄さんは『精霊国』そのものを眠《ねむ》らせ――遠い未来、リズの魂と共に復活させようとしたんだ」

すでに多くの精霊たちが、人間たちによって居場所を追われていた。

これ以上自分の国民が、同じ精霊や人間から傷つけられることを看過《かんか》出来ない。

そう判断した精霊王は、自らの魂と引《ひ》き換《か》えに『悪しき精霊』を含《ふく》むすべての精霊たちを眠らせようとした。そして同時に妻・リステラリアの魂を元通りに復活させ、彼女に新しい精霊国の再建を託《たく》そうとしたのである。

しかし砂粒《すなつぶ》ほどにまで細かくなったリステラリアの魂の欠片《かけら》を繫《つな》ぎ、再び元の彼女に戻すには、おそらく悠久《ゆうきゅう》の時《とき》がかかる。

だがその間、リステラリアを守ってくれる精霊や国はもう存在しない。そこで精霊王はある策を講《こう》じた。

「まったく、つくづく過保護な兄だよ。あいつはリズの魂をこっそりと『人の体』に隠《かく》したんだ。一つの体に人間の魂とリズの魂を同居させて、その器《うつわ》が終われば新しい体に転生させて……完全に元通りになるまで、人間の中で守らせようとしたみたいだね」

こうして精霊王は妻と国を救うために、最期《さいご》の術を発動した。

「王妃殺しとして牢に捕《と》らえられていた僕は、ある日突然自分の力が急速に弱まっていくのを感じた。そうしたら見張りの精霊たちが次々と眠っていって……。僕はその隙《すき》に急いで外に出たんだ」

王の直系ということもあり、クレーヴェルは他の精霊たちよりもいくばくか残り時間が長かった。兄がすべての精霊を眠らせようとしている——と察したクレーヴェルは咄嗟《とっさ》に近くに囚《とら》われていた人間の体を奪《うば》い、そこで兄の術から逃《のが》れることに成功したのだ。

「いくら精霊の王とはいえ、ほんっとやることなすことむちゃくちゃだよね。とはいえ僕もすっかりやる気をなくしちゃってさぁ。飽きるまで生きたら、適当に消えようかなーとか思ってたんだけど——」

地上から、クレーヴェル以外のすべての精霊がいなくなった。

そう思っていたある日、クレーヴェルは偶然《ぐうぜん》にもリステラリアによく似た佇まいの女性を発見する。もちろん顔付きは全然違《ちが》うが、白銀の髪に空色の瞳――かつてのリズを思い出させる特徴が気になったクレーヴェルは、その娘に近づき、そこでようやく兄王の狙いに気づいた。

「奇《く》しくも僕が生き延びるためにやったのと、まったく同じことを兄もリズにしていたんだよ。ただリズの方は器との結びつきが強かったから、外見にも影響《えいきょう》が出ちゃったみたい。……ほーんと馬ッ鹿だよねー！　よりによって、いちばん見つかってほしくなかっただろう僕に、あっさり発見されちゃってさぁ」

兄の術を看破《かんぱ》したクレーヴェルは、もう一度リズを壊してやろうかと考えた。

だが忌々《いまいま》しい精霊王はもういない。

ならば今度こそ――リズは自分だけのものになるのではないか。

「生まれ変わる度《たび》に、毎度捜さないといけないのは面倒《めんどう》だったけどね。でも人間に寄生し続けていれば、精霊の僕には有り余るほど時間がある。何より彼女を待つのは嫌《きら》いじゃなかったからさ」

こうしてクレーヴェルは、彼女の魂が蘇《よみがえ》るまで傍で見守り続けることにした。

傭兵《ようへい》。軍医。旅芸人。吟遊詩人《ぎんゆうしじん》。

人の体を借《か》り替《か》え、外見を変え、名前を変え、職業を変えながら。

「ただそうしていく中で、リズの器がたびたび不調をきたすようになった。不思議に思って調べてみると、どうやら彼女の持っていた『能力』が、その器となった人間に発現していると分かったんだ」

魂が元通りになるにつれ、当然精霊としての力も戻っていく。

その結果、リステラリアの魂を有した人間に等しく『人の心を聞き取る力』が備わるようになったのだ。

「いやぁ、歓喜《かんき》したよ！　リズは着実に僕の元に戻ってきているってね。時代によっては、聖女様や、神の御使《みつか》いだと崇《あが》められた器もいた。でもそのほとんどは周りから無遠慮《ぶえんりょ》に浴びせられる悪意と好奇《こうき》の『声』に耐《た》え切《き》れず、引きこもったり、尼僧《にそう》になったり。そうなると近づくのも難しくてさぁ」

このままでは厄介《やっかい》だと考えたクレーヴェルは、修復途中《とちゅう》だった彼女の魂を分割《ぶんかつ》し、一部を別の場所に保管してみようとひらめいた。

「彼女《リズ》が好きだった塔《とう》の最上階に、治りかけていた魂の『半分』を封印《ふういん》したんだ。本当は全部を移動させようかとも考えたんだけど、復元《兄の術》が止まっては困るからね」

リステラリアの魂を大幅《おおはば》に減らしたおかげで『心の声が聞こえる力』はなくなり――器となった人間たちはまた健《すこ》やかに暮らせるようになった。

魂は確実に元の状態に近づいていき、いよいよ完全なる復活が目前に迫《せま》る。

「ただここに来て、またリズの『能力』が影響を及《およ》ぼし始めた。幸いその器がいたのは僕が昔、魂の半分を眠らせた場所――ラシーだったのさ。だから僕はとある母親の姿を借りて、その器の前に姿を現したんだ」

リズの魂を擁《よう》して生まれたせいで、家族の中で一人だけ見た目の違う――真っ白な『色違い』のお姫《ひめ》様。

「それが……ツィツィーのことか」

「うん。そろそろ落ちが見えてきたかな？『塔の上に出てはダメ。絶対に扉を開けてはダメよ』――今回の器は本当にいい子だねえ。お母さんの言いつけを、十年以上も律儀《りちぎ》に守り続けていたんだからさ」

そう言うとクレーヴェルは、そうっとツィツィーの頬《ほお》に手を添《そ》える。

クレーヴェルは幼いツィツィーからほんの少し力を抜いて、これまで封印していた魂と共に石碑《せきひ》に眠らせた。そうして来たるべき日まで塔の入り口を鍵で閉ざしたのだ。

おかげでそれ以降、ツィツィーの精神は損《そこ》なわれることなく成長した。

「でも、お母さんとの約束を破る悪い子になったのは、君が原因かな？」

「……」

「少し早かったけど、まあ誤差の範囲《はんい》だろう」

予定では、ツィツィーが二十歳《はたち》になる頃《ころ》のつもりだった。

だがリーリヤに扮《ふん》したクレーヴェルが仕掛《しか》けるよりも早く、ツィツィー自らが石碑の封印を解いたのである。

この器《ツィツィー》で育っていた半分と、石碑に封印していた大部分。

二つが一気に合わさって、ついにリズの魂が完成する。

「ラシーから帰国したあとは、大変だったんじゃない？　なにせこんな脆《もろ》い体の人間が、リズの強い魂を宿したまま生活しなければいけなかったんだし」

「ツィツィーが苦しんでいたのは、お前のせいか」

「やだなぁ。勝手をしたのは君たちだろう？」

とはいえ、とクレーヴェルは借り物の美しい相貌《そうぼう》にこの上ない愉悦《ゆえつ》を浮かべる。

「今までご苦労。ここまで器を守ってくれたことに感謝するよ」

「――黙《だま》れ」

吐《は》き捨《す》てると同時にガイゼルは黒い獣《けもの》のように跳躍《ちょうやく》すると、一気に壇上までの距離《きょり》を詰《つ》めた。

だが振《ふ》り上《あ》げた短剣は、途中でぴたりと動きを止める。黒い刃《やいば》の向こうには真《ま》っ直《す》ぐにこちらを睨《にら》む――ツィツィーの姿があった。

「ツィツィー、何故《なぜ》だ……！」

「……」

クレーヴェルを守るように立ちはだかったツィツィーを見て、ガイゼルは泣きそうな顔で奥歯《おくば》を噛《か》みしめる。

そんな二人を眺《なが》めていたクレーヴェルは「ははっ」と心底楽しそうに笑った。

「封印していたリズの魂に、ずっと暗示をかけていたんだ。繰《く》り返《かえ》し見る夢の中で、僕を好きになるようにね。ただどういうわけか――その夢に君がたびたび入り込んで来て、僕たちの仲をいつも邪魔《じゃま》してくれたんだよねぇ。まあ、リヴ・モナまで遠く隔たればさすがに無理だったみたいだけど」

「ツィツィー、そいつから離れてくれ！」

ガイゼルは懇願《こんがん》するようにツィツィーに訴《うった》える。

しかしツィツィーは逃げ出すどころか、そっとクレーヴェルの傍に身を寄せた。ぴったりと寄り添うその光景に、ガイゼルはいよいよ打つ手をなくす。

それどころか、まるで恋人《こいびと》のようにクレーヴェルがツィツィーの腰《こし》に腕《うで》を回しても、彼女は嫌がるそぶりすら見せず――ただ柔《やわ》らかくクレーヴェルに微笑んだ。

「もうじきこの術は完成する。皇帝《こうてい》だかなんだか知らないが、僕たちの幸せな夢に土足で踏み込んで来た報《むく》いは受けてもらおう。特等席で、彼女が本来の姿を取り戻す様を見ているがいい」

そう言うとクレーヴェルはツィツィーの顎《あご》に手を添え、そっと上向かせた。

はらりと彼女の長い髪が零《こぼ》れ、二人の唇《くちびる》の距離が少しずつ近づいていく。

「やめろ……やめてくれ……！」

「さあ――目覚めるんだ、僕の『花嫁《はなよめ》』……！」

「ツィツィー！」

絶望するガイゼルの目の前で、クレーヴェルは酷薄《こくはく》に微笑んだ。


頭の奥が、白い絹布《けんぷ》で隠されているような。

全身が卵の殻《から》で覆われているような。

ツィツィーはぼんやりとした意識の中、誰かに抱きしめられていた。

（私、どうしてこんなところに……？）

たしか、真っ黒い『悪しき精霊』があの人を傷つけていて。

あの人に『悪しき精霊』から逃げないと、とここまで連れて来られて。

（『悪しき、精霊』……？）

瞼は開いているはずなのに、映り込む景色からは何の情報も得られない。

目の前にいるこの人こそが大切なのだと、意識が訴えかけてくる。

しかし言葉では説明できない——体の奥底が違う誰かを強く求めている気がして、ツィツィーはわずかに違和感《いわかん》を覚えた。
だがすぐに頭の中が塗《ぬ》りつぶされてしまい、抵抗《ていこう》することなく彼を受け入れる。
わたしは王妃リステラリア——この人と共に生きるために生まれてきた。

——『ツィツィー、——』

（……誰？）

懐《なつ》かしい声。
でもどこで聞いたか思い出せない。
知らない名前を、その声は何度も呼び続ける。

——『やめろ……やめてくれ……！』
——『ツィツィー！』

（この声は……誰？）

するとどこかから、別の男の声が優しく囁《ささや》いてくる。

『リズ、耳を貸してはいけない。それは「悪しき精霊」の声だ』

（悪しき、精霊……）

『君を心から愛しているのは僕だけだ。だからほら、すべてを委《ゆだ》ねて――』

（……は、い……）

妙《みょう》な胸騒《むなさわ》ぎを覚えながらも、ツィツィーは再び彼に向き直る。

だがその瞬間、胸《むね》の奥から澄《す》んだ女性の声が響いた。

『――ツィツィー、だめよ』

（……？）

『あれは「悪しき精霊」なんかじゃない。あなたを救うためにここまで来てくれた、あなたにとっていちばん大切な人のはず』

（大切な……人……）

『思い出して、あなたが本当に好きな人のことを――』

黒い髪。青紫《あおむらさき》の瞳。

力強くて、頼《たの》もしくて、でも見た目はちょっと怖《こわ》くて。

そんな彼から聞こえてくる『本心』はとても優しくて――愛《いと》おしい。

（私の、好きな人……）

頭にかかっていた靄《もや》が少しずつ晴れていく。

そしてある瞬間、自身を固く包んでいた殻にひびが入り、そのすき間から大量の『心の声』が流れ込んできた。

『おい！　いったい何が起きているんだ！　ツィツィーが他の男と心を通《かよ》わせているなどそんなはずはない！　あのツィツィーがきっと夢だ現実なはずがないあああやめろそれ以上汚《きたな》い手でツィツィーに触《さわ》るな！』

『ツィツィーの中に精霊の王妃が眠っているだと⁉　確かにツィツィーは精霊のように美しいがそれはあいつ自身の凛《りん》とした美しさが自然とそう形容させるというだけであってツィツィーはツィツィーだろうが！　それを夢だの暗示だのなんだのと、だからツィツィーに近づくのをやめろと言っているだろうが！』

『頼むから目を覚ましてくれ！　俺の方を見てくれ！　お願いだツィツィー――』

（……‼）

矢継《やつ》ぎ早《ばや》どころか、もはやいつ息をしているのか分からない怒涛《どとう》の感情がツィツィーの胸を埋めつくす。あまりの勢いに、しばしぽかんとしていたツィツィーだったが、思わず「ふふっ」と笑《え》みを零した。

（この『心の声』……。私、知っています）

溢《あふ》れんばかりの賛美。心配。思慕《しぼ》。溺愛《できあい》。

澄ました顔で、彼はいつも色々なことを考えていた。

（この『声』を聞くたび恥《は》ずかしくて、申し訳なくて——でもすごく嬉《うれ》しかった。これがあの人の本当の気持ちなんだって、安心するから……）

やがてぽつり、といちばん小さな『心の声』が届く。


『——好きなんだ。ずっとずっと、大好きだったんだ……。頼む、俺を……置いていかないでくれ……』


まるで迷子になった子どものような。

たくさんの言葉の陰に隠された、最も弱い彼の本心。

ツィツィーはそれをそっと受けとめ、自らの胸元に引き寄せる。

（……帰らなきゃ、あの人のところに——）

ツィツィーの全身に少しずつ熱が戻ってくる。

女性の嬉しそうな声が、その背中を押してくれた。

『大丈夫《だいじょうぶ》。あなたと彼ならきっと、その殻を破れる——』

（私の、本当に好きな人は——）

ツィツィーはぐっと息を呑《の》み込《こ》むと、体中に力を巡《めぐ》らせる。

頭の先、手のひら、お腹《なか》、足先、髪の毛の一本一本にまで自らの存在を確かめると、覚《さ》めない夢から無理やり起き上がる時のように、もう一度全力でもがいた。

そして愛しい人の名を渾身《こんしん》の思いで叫《さけ》ぶ。


「——ガイゼル、様……!!」


ぱり、と先ほど入っていたひびから、みるみる亀裂《きれつ》が広がった。

途端《とたん》に体の主導権が戻り、ツィツィーの手のひらにクレーヴェルの胸板《むないた》が触《ふ》れる。

「——っ！」

クレーヴェルはすぐさま囲おうとしたが、ツィツィーは反射的にその体を両手で押《お》し剝《は》がした。すぐにクレーヴェルとの間合いを取ると、息を切らせながら顔を上げる。

ツィツィーの突然の覚醒《かくせい》に、クレーヴェルは愕然《がくぜん》とした。

「何なんだよ……」

「……？」

「眠らせていた意識に『心の声』で直接干渉《かんしょう》してくるなんて……。まさか、何度も僕の夢に介入《かいにゅう》してきたのも、その力のせいなのか——」

（リーリヤさん……!!　ここは一体——）

廃墟近くで倒れたところで、ツィツィーの記憶は途切《とぎ》れている。

一方、かつてないほどの動揺《どうよう》を浮かべたリーリヤ——クレーヴェルは、鬼気迫《ききせま》る表情で再びツィツィーを捕らえようとした。

だがその行く手を阻《はば》むように、ガイゼルが素早《すばや》く彼とツィツィーの間に割り込む。

「ツィツィー！　逃げろ!!」

「は、はい！」

怒号《どごう》にも似た指示を受けたツィツィーは、急いで壇上を下り、開いたままのホール出入り口を目指す。だが突風《とっぷう》にあおられたかのように、ばんとその扉が閉まった。

ツィツィーがびくりと足を止めると、同時にクレーヴェルが動く。

「邪魔だ」

「——っ！」

クレーヴェルは青紫の瞳を冷たく光らせると、隠し持っていたナイフを対峙《たいじ》するガイゼルに向かって振り下ろした。ガイゼルはそれを短剣で防ぎ、返す刃でクレーヴェルに斬《き》りかかる。

だが彼は避《よ》けようとするどころか、己の腕で真っ向からその刃先《はさき》を受け止めた。

「貴様、何を……」

「これはただの器だ。そして僕に痛みという感覚はない」

精霊であるクルーヴェルにとって、リーリヤの体はどれだけ壊れても構わないただの外《がい》殻《かく》に過ぎないのだろう。

傷ついて使えなくなった時点で捨てればいいのだから、怪我を恐れて身をかばう必要もなければ、筋《すじ》が切れるほど剣《けん》を振っても構わない。ボロボロになって使い捨てられたあと、その人間の体がどうなるかなど――精霊のクレーヴェルには一切《いっさい》関係ないことだ。

微動《びどう》だにせずガイゼルに向かって吐き捨てる。

「どけ」

「断る」

「つくづく邪魔な男だ」

小馬鹿《こばか》にするクレーヴェルは、傷ついた腕でガイゼルに殴《なぐ》りかかった。その膂力《りょりょく》はとても怪我をしているとは思えないほど強く、ガイゼルは押されて後ずさる。

「ツィツィー、こいつは俺が何とかする！　それまでどこかに隠れていろ！」

「はい！」

命令を聞き、ツィツィーはすぐに近くの瓦礫の陰に身を隠した。再びクレーヴェルに向き直ったガイゼルを、ツィツィーは祈《いの》るような気持ちで見つめる。

（ガイゼル様……！）

傍目《はため》には、剣技《けんぎ》や体術などガイゼルの方が十分上回っている。

だが中身はクレーヴェルとはいえ、その体は無関係なリーリヤのもの。ガイゼルは無闇《むやみ》に傷つけることをためらっているのか、攻《せ》めあぐねているようだった。

「――これで、どうだ！」

ガイゼルは剣を持ち替え、クレーヴェルの身体《からだ》をしたたかに蹴《け》り飛《と》ばす。

瓦礫の山に頭から突っ込んで、ようやく彼の動きが止まった。

（だ、大丈夫なのでしょうか……）

ガイゼルは肩で息をしながら、クレーヴェルを拘束《こうそく》しようと崩れた瓦礫の元に歩み寄る。

だが距離が近づいたその刹那《せつな》、彼はばねのように跳《は》ね起《お》き、ガイゼルの腹めがけてナイフを突き立てた。

「――っ！」

「残念でしたぁー」

痛みに前かがみになったガイゼルに、クレーヴェルは容赦《ようしゃ》なく蹴りを入れる。

リーリヤの細い体からは考えられないほど激しい打撃音《だげきおん》と共に、ガイゼルの身体はそのまま近くの壁《かべ》に思い切り叩《たた》きつけられた。からん、からん、と彼の手から黒い短剣が転がり落ちる。

「ガイゼル様!!」

「……ッ……！」

「んー？　おっかしいなあ、どうして弾《はじ》かれるんだろ。どうせならその体、乗っ取ってやろうと狙ってたのに……。まあこの体も、見目が良いから気に入っているんだけど」

クレーヴェルはわざとらしく首を傾《かし》げたあと、頭を振って乱れた髪を正した。

昏倒《こんとう》したガイゼルに近づくのを見て、ツィツィーはたまらず立ち上がる。

（た、助けないと……！）

無我夢中《むがむちゅう》で駆け出し、床《ゆか》に転がっていたガイゼルの短剣を素早《すばや》く拾う。

彼をかばうようにクレーヴェルの前に割り込むと、震える両手で必死にそれを構えた。

「こ、来ないでください……！」

「リズ、そこをどくんだ」

「来ないで……!!」

ツィツィーの背中に冷たい汗が伝う。

がたがたと定まらぬ切っ先を見て、クレーヴェルは困ったように微笑んだ。

「震えてるじゃないか。怖いんだろう？　そんなもの早く捨てて」

「……っ！」

やがてクレーヴェルが、ツィツィーのすぐ目の前に立った。

人とは思えない妖気《ようき》。

瞳はこちらを向いているのに、その実何も映っていない――

(この感じ……夢の中で私を追いかけてきたものと、同じ……)

対峙《たいじ》したツィツィーは、彼こそが『悪夢』そのものであるとようやく気づく。

最初の頃に見た、ガイゼルが誰かを殺す夢。

あの衝撃《しょうげき》が頭から離れず、ツィツィーはずっと困惑《こんわく》していた。

どうしてガイゼルが、あんなにも恐ろしく見えたのだろうと。

(私は、ずっと勘違いしていたのですね……)

本当の敵は、夢の中でツィツィーの傍にいた『彼』の方だった。

夢の中のガイゼルはそれに気づき、排除《はいじょ》しようとしていたのだろう。

事実、ガイゼルが傍にいた間、『彼』は見ているだけで手出しをしてこなかった。

追われるようになったのはツィツィーがリヴ・モナで治療《ちりょう》を始めてから――ヴェルシアを離れ、ガイゼルと共に眠らなくなってからだ。

(ガイゼル様は私を守ってくれていた――現実でも、夢の中でも)

だが正体が分かったところで恐怖が収まるわけもなく、ツィツィーの全身は歯の根が合わないほどに震えていた。そんな状態でも一歩も引くつもりがないツィツィーを見て、クレーヴェルは小さくため息をつく。

「まあいっか、殺さなければ問題ないし」

「……？」

「中にいるリズさえ、無事なら」

何の感情も伴《ともな》わない顔つきのまま、クレーヴェルはゆっくりとこちらに手を伸《の》ばした。

ツィツィーは咄嗟《とっさ》に短剣を振り回したものの呆気《あっけ》なくかわされ、代わりに細い喉元《のどもと》を片手でがっと掴み上げられる。

「――っ……！」

「まったく。あいつが邪魔してきたせいで、せっかくの術が台無しだよ。……まあいっか、暗示はまたかけ直せばいいし」

（くる、しい……）

吟遊詩人らしい、比較的《ひかくてき》細身の体躯《たいく》を借りながら、クレーヴェルの力は常軌《じょうき》を逸《いっ》していた。ツィツィーの小さな体は片腕《かたうで》だけでいとも簡単に持ち上げられ、靴先《くつさき》がわずかに床を離れる。握《にぎ》っていた短剣は手から零れ、再びからんと悲しい音を立てた。

「ごめんね。リズを育《はぐく》み続けてくれた君の働きには感謝するよ」

（――……だれ、か……）

酸素が一気に失われ、ツィツィーの意識がふっと途切れる。

だが次の瞬間、持ち上げられていた体が突然どさりと落下した。痛みと衝撃で目を覚ましたツィツィーは気管に流れ込んできた空気に溺《おぼ》れ、涙目《なみだめ》のまま激しく咳《せ》き込《こ》む。

（どうして、いきなり――）

訳が分からず、慌てて顔を上げる。

するとツィツィーの眼前に、立派な体つきの青年が立っていた。

よく日に焼けた褐色《かっしょく》の肌《はだ》。髪は短く明るい灰色。丸太のような腕と太腿《ふともも》はしっかりと鍛《きた》えられており、青年はツィツィーを振り返るとにこっと朗《ほが》らかに笑う。

「ツィツィー様！　いや、王妃様でしょうか！　ご無事ですか!!」

「あ、あなたは……？」

「ルーヴィです！　王妃様の力をお借りして、少しだけ元の姿に戻りました！」

その名乗りにツィツィーは思わず瞬《まばた》く。

すぐにふわふわとした黒いアザラシの姿を思い出し、確かめるように上から下まで青年を凝視《ぎょうし》した。兄のレヴィとはまた随分《ずいぶん》と対照的な出《い》で立《た》ちである。

彼は自身が眠っていたレヴァナイト――それがはめ込まれた短剣を握り込むと、ツィツィーをかばいつつ、燃えるような戦意をみなぎらせた。

「二千年前は不覚を取られましたが……今度は負けません！」

ルーヴィはうおおおと猛々《たけだけ》しい雄叫《おたけ》びを上げながら、果敢《かかん》にクレーヴェルに斬りかかった。ガイゼルの血がついたナイフでその猛攻《もうこう》をいなしながら、クレーヴェルは煩《わずら》わしそうに顔をしかめる。

「お前……どうしてここにいる？」

「ツィツィー様に助けていただきました！」

「誰に剣を向けているか分かっているのか――この無礼者がッ！」

そう言うとクレーヴェルは体格差をものともせず、長身のルーヴィを軽々と背負い投げた。大きな体が宙に浮き、受け身を取る隙も与《あた》えず石床に叩きつけられる。ルーヴィの手から短剣が投げ出され、横転したその体にクレーヴェルが乱暴に片足を乗せた。

「王妃の護衛だか知らんが、昔から騒《さわ》がしくて目障《めざわ》りな奴だった」

「でん、か……」

「あの時も、随分と邪魔してくれたな」

クレーヴェルは目をすうっと細め、ルーヴィの胸郭《きょうかく》を強く踏み砕《くだ》く。骨折の痛みに呻《うめ》く様を一瞥《いちべつ》したあと、そのまま無造作に蹴り上げた。ルーヴィの体躯は大きく吹っ飛び、ツィツィーのすぐ目の前に落下する。

「ルーヴィ!!」

瞬《また》く間《ま》にルーヴィの体はかき消え、代わりに小さなアザラシがぽいんと床に転がった。

実体のないそれをツィツィーは両手で受けとめたものの、ふわふわだった毛はよれてどこもぼろぼろになっている。

「ルーヴィ、しっかりして、ルーヴィ……！」

「ツィツィー、さま……」

「王族に力で勝てると思ったか。思い上がるな」

ツィツィーの頭上に、近づいて来たクレーヴェルの影が落ちる。

傷ついたルーヴィを抱《かか》えたまま、ツィツィーは怯《おび》えた目で彼を仰《あお》いだ。

「さあ、リズ――」

だがクレーヴェルが微笑みかけるより早く、ツィツィーの背後から鋭い拳《こぶし》が突き出された。咄嗟に腕で防いだクレーヴェルだったが相手の勢いには敵《かな》わず、そのまま真後ろに大きく殴り飛ばされる。

建物ごと壊れそうな轟音《ごうおん》と、もうもうと立ち込める砂埃《すなぼこり》。

一瞬何が起きたのか分からず、ツィツィーがぱちぱちと瞬《まばた》いていると――砕けた石床の欠片を踏むじゃり、という靴音《くつおと》が聞こえた。

「無事か、ツィツィー……」

「ガイゼル様!!」

ルーヴィが稼《かせ》いだ時間で少し痛みが紛《まぎ》れたのだろうか。

頭から夥《おびただ》しい血を流したガイゼルが、ツィツィーを守るようにゆっくりとその前に立った。普通《ふつう》の人間ではあり得ない回復力に、ここに来てクレーヴェルが不審《ふしん》げに眉《まゆ》をひそめる。

「お前、本当に人間か？」

「……」

瓦礫の中からクレーヴェルが立ち上がるのを見て、ガイゼルは間髪《かんはつ》を入《い》れずに駆け寄った。落ちていた短剣を途中で掴み上げると、クレーヴェルに向かってそのまま大きく振りかぶる。

だがクレーヴェルが防御《ぼうぎょ》のために自身の腕を掲《かか》げると、やはりリーリヤの身体を傷つけることは出来ず、切っ先をそらしてがきんと床に突き立てた。

「くそっ！」

「本当に甘いな。それでも『氷の皇帝』か？」

（ガイゼル様……！）

苦戦するガイゼルの様子にツィツィーが言葉を失っていると、手の中にいたルーヴィがようやくうっすらと目を開ける。

「すみません……ツィツィー、さま……」

「ルーヴィ！　気がついたのね」

「王弟殿下《でんか》は、ずっと昔にも、王妃様を……」

（王弟殿下……。やっぱりあれはリーリヤさんじゃなくて……）

図書館で見つけ出した文献《ぶんけん》の単語を次々と思い出す。

精霊王。王妃《リズ》。罪を犯《おか》した王弟殿下――ようやくすべてが繫がった。

「ルーヴィ、教えてください。精霊と戦うには、どうしたらいいのですか？」

「精霊が滅《ほろ》ぶのは、その精霊自らが望んだ時だけです……。あとは……」

「あとは？」

「……あの日、王妃様が凶刃《きょうじん》に倒れられて皆《みな》が知ったように……。精霊の強い気持ちの宿った刃こそが、魂を砕き得《う》ると……」

「そんな……」

精霊自らが命を捨てるか、他の精霊の力を借りるか。

打つ手がないと焦《あせ》りながら、ツィツィーは戦うガイゼルを不安そうに見つめる。

戦況《せんきょう》は相変わらず拮抗《きっこう》しているが、何故かクレーヴェルは大した反撃《はんげき》をせず、ガイゼルとの距離を測っているようだった。

（今までと違う……。もしかして、何か別の狙いがある……？）

そこでツィツィーはふと、ラシーでの出来事を思い出した。

（あの時、リーリヤさんの『声』は全然聞こえなかった……）

ラシーで姉が行方不明になった時、被疑者《ひぎしゃ》となった彼の思考を事情聴取《じじょうちょうしゅ》の場で探ったことがあった。

だがその時も彼の『本心』は一切読み取れず――今思えば、あの時からリーリヤはすでに『人ではなかった』のだろう。

ツィツィーはわずかに逡巡《しゅんじゅん》すると、すぐに意識を集中させる。

(何でもいい……。ガイゼル様を助ける方法を……!!)

強く念じたその瞬間、ツィツィーの体の中心からふわりと温かい何かが広がった。

(……?)

慌てて目を開けると全身が淡い光に包まれており、ツィツィーはどこか確信を持ちながら再びそうっと目を閉じる。

(どうか私に、力を――)

その瞬間――ツィツィーの足元から青い輝《かがや》きがさざなみのように広がった。

風化《ふうか》したダンスホールの床と壁、天井があっという間に光で満ち満たされ、ツィツィーが支配する絶対的な空間を作り出す。それは以前――ラシーの塔の屋上で、姉の居場所を捜すためにガイゼルの助けを借りた時以上だ。

(この……力は……)

深呼吸し、ツィツィーはリーリヤ――クレーヴェルに狙いを定める。

(お願い――)

かちり、と鍵が回ったかのように、クレーヴェルとの回路が繋がった。

ツィツィーの胸に、とてつもない量の『感情』が一気に流れ込む。

『邪魔だ!!　邪魔だ!!　邪魔だ!!　邪魔だ!!』

『僕の前に立つな。歯向かうな。愚《おろ》かな人間風情《ふぜい》が――』

『リズは僕のものだ。誰にも渡さない』

『ずうっと待っていたんだ。僕の、僕だけのものになる日を』

『ああうるさい！　うるさい！　はやく消えろ、いなくなれ!!』

（――っ!!）

傲慢《ごうまん》。怨嗟《えんさ》。怒り。憎しみ。

ガイゼルのものとは全然違う――どす黒い『心の声』。

（なんて禍々《まがまが》しくて、恐ろしい『本心』……）

マグマのように溶け合い、触れるだけで焼き殺されそうな強い激情を真っ向《まこう》から浴びせられ、ツィツィーの心臓は緊張《きんちょう》からかどくん、どくんと大きく跳ねた。

だがゆっくりと息を吐き出すと、強すぎる負《ふ》の感情に呑み込まれないよう、ツィツィーは必死に耳を澄ます。

やがて、ごく小さな声で冷静なクレーヴェルの思惑が聞こえてきた。

『馬鹿な男だ。こちらの狙いに気づいていない』

（狙い……？）

『あと少しだ。もう数歩下がったところで――』

ツィツィーが目を開けた途端、すぐさま青い空間はかき消え、周囲は現実となる。

ガイゼルとクレーヴェルは、いつの間にかホールの端《はし》へと移動していた。

(後ろ――)

壁を背にしたガイゼルの上には、荒れるに任せた中二階のバルコニーがあった。

破れたカーテンや重量感のある燭台《しょくだい》。金属で出来た手すりはすっかり錆《さ》びついており、ちょっと衝撃を与えるだけで呆気なく崩落しそうだ。

(まさか……!)

ルーヴィを物陰に隠し、ツィツィーは慌てて立ち上がった。

ガイゼルは戦いながら、言い表せない嫌な予感を覚えていた。

(このままでは埒《らち》が明《あ》かん。だがこれ以上傷つければ、奴の体が持たない――)

しかし攻めの手を止めれば、再びツィツィーが狙われる。

ガイゼルは全身にびりびりとした緊張《きんちょう》をまとわせたまま、やむなく剣を振るい続けた。

いつの間にか自身が壁に背を向ける位置取りとなっており、それを見たクレーヴェルが突然にいと口角を上げる。

「なあ、そろそろ終わりにしようよ。疲《つか》れただろう?」

「貴様、何を――」

そう言うとクレーヴェルは突然、一連の攻撃《こうげき》を受け止めていたナイフをガイゼルの方に放り投げた。武器を手放すという予想外の行動に虚《きょ》を突《つ》かれたものの、ガイゼルは即座に反応し、剣身で叩き落とす。

その隙にクレーヴェルは針のような暗器《あんき》を取り出し、今度は上に向けて高く投擲《とうてき》した。

頭上を遥《はる》かに超《こ》えていくそれに、「手元を見誤ったのか」とガイゼルは一瞬わずかな勝機を見いだす。

（あえて武器を捨てた？　だが今なら――）

直後、ガイゼルは金属が軋《きし》む不快な音を耳にした。

しかし出どころを確かめるよりも早く、強い力でその場からどんっと押し出される。

「なっ――」

『誰だ』と『何が起きた』が一度にガイゼルの思考を奪う。

振り返って確かめようとした刹那――先ほどまで自分がいた場所に、大量の瓦礫が雪崩《なだれ》のように落下した。

どうやら先ほどの暗器がきっかけで中二階が崩壊《ほうかい》したらしく、あたりにもうもうと灰色の紛塵《ふんじん》が立ち込めている。ガイゼルは口元をかばいながら、注意深くクレーヴェルの次の一手を待った。

だがやっとその視界が晴れた時――知らず呼吸の仕方を忘れた。

「――！」

重なり合った残骸の隙間《すきま》から、白い腕が伸びている。

ガイゼルは茫然《ぼうぜん》とした顔つきで、ゆっくりとホールの手前を振り返った。

そこにいたはずの姿が――ない。

「ツィ、……ツィ……？」

ふらふらと瓦礫の山に歩み寄り、ガイゼルはどさりと膝《ひざ》をつく。

小さな手。その薬指には、月明かりの下で薄青色《うすあおいろ》に色を変える稀少《きしょう》な宝石が輝いており――それを目にした途端、ガイゼルの青紫の瞳から光が消えた。

「ツィツィー……？」

そこでガイゼルはようやく、先ほど自分を押し出したのが彼女だったことに気づいたのだった。

第五章 願いはきっと叶うものです。

ガイゼルの腕《うで》に抱《だ》かれたツィツィーを見て、クレーヴェルははあと嘆息《たんそく》を漏《も》らした。

「まったく……なんてことをしてくれたんだ……」

「……」

ツィツィーを襲《おそ》った瓦礫《がれき》の山は、ガイゼルがすぐに取り除いた。

だが彼女の体は多数の挫傷《ざしょう》や裂傷《れっしょう》を負い、かろうじて息はあるものの、非常に危険な状態だ。

「あと少し……本当に目前だったのに……！　リズの入った器《うつわ》が、こんなにボロボロになっちゃうなんて……。これでまたやり直しじゃないか……!!」

「……」

「信じられない。自分の命を捨ててまで他人を救うなんて……」

あああ、と絶望と悲嘆《ひたん》に満ちた声をあげながら、クレーヴェルは埃《ほこり》で汚《よご》れた金の髪《かみ》をがしがしとかいた。

ガイゼルは何も言わぬまま、動かないツィツィーの手をただ握《にぎ》りしめる。

(……嘘《うそ》だろう?)

もしもツィツィーが誰《だれ》かに傷つけられることがあれば、激昂《げっこう》のまま、その仇《かたき》を完膚《かんぷ》なきまでに叩《たた》き潰《つぶ》す——ガイゼルは、自身ならそうするだろうとずっと考えていた。

だが実際は、あらゆる感情が失われている。

(どうして、こうなった?)

俺は生きていて。

それなのにツィツィーは傷だらけで。

(どうして、こんなに苦しそうなんだ?)

それはガイゼルを助けたから。視野狭窄《しやきょうさく》に陥《おちい》っていた自分が、クレーヴェルの狙いに気づけなかったために、ツィツィーは——

(どうして俺は……生きている?)

彼女に会うために。守るために。愛するために。そのためだけに生きてきたのに。

死ぬのは、絶対に自分が先だと思っていたのに。

(俺の、命……)

心臓がかつてないほどでたらめに拍動《はくどう》し、ガイゼルは不快感のまま胸元《むなもと》を摑《つか》んだ。

指先に何か硬《かた》い感触《かんしょく》が当たり、首から下がるそれを無造作に襟元《えりもと》から引き出す。

彼女が贈ってくれた護符《タリスマン》。

ガイゼルが無事に戻《もど》って来るようにと——

（この……役、立たずが……!!）

思い切り手に力を込《こ》める。

めき、という音と共に縁取《ふちど》りの銀細工が紙のように折れ、尖《とが》った先端《せんたん》がガイゼルの皮膚《ひふ》を深く貫《つらぬ》いた。手のひらと眼《め》の奥が焼けるように熱い。赤黒い血がみるみる溢《あふ》れ出《で》て、指の間や手首を伝って床《ゆか》にしたたり落《お》ちた。

放心するガイゼルを、クレーヴェルはせせら笑う。

「まあいいや、今回の器でリズの魂《たましい》はほぼ完成したも同然だ。その女の命が終われば、リズはまた新しい器に移動する。次こそ、彼女の復活の時だ」

そう言い捨てると、クレーヴェルはくるりと踵《きびす》を返《かえ》した。

離れていくその背中を、ガイゼルが何の感情もなく見つめていると——目の前に再び、この場に自分を導いた青い蝶《ちょう》が現れる。

（……？）

蝶はガイゼルを鼓舞《こぶ》するように周囲を飛び回り、やがて彼の胸へ留《と》まった。

その瞬間《しゅんかん》、ガイゼルの体に温《あたた》かい力が湧《わ》き起《お》こる。

まるでツィツィーの祈《いの》りが、ガイゼルに力を与《あた》えるかのように。

青紫《あおむらさき》の瞳《ひとみ》に光が戻る。

これまでの疲労《ひろう》が一気に吹《ふ》き飛《と》び、ガイゼルはその場にゆっくりと立ち上がった。ホールから立ち去ろうとするクレーヴェルの背中へ、黒い短剣《たんけん》をぴたりと向ける。

「待て」

「……」

クレーヴェルは振《ふ》り返《かえ》り、やれやれと大げさに肩《かた》をすくめた。

「戦う理由はもうないだろう？」

「黙《だま》れ」

口を開くのと同時に、ガイゼルがクレーヴェルに斬《き》りつけた。

黒い雷《かみなり》のような一閃《いっせん》がクレーヴェルの頰《ほお》に一筋の血を走らせるが、するりと交わした彼は相変わらず余裕《よゆう》の笑《え》みを浮《う》かべている。

「ははっ！　この体を壊したところで、それはじきに死ぬだけだ」

（こいつを逃《に》がすわけにはいかない。いったいどうすれば――）

すると剣を握るガイゼルの手に、体温とは別の熱が宿った。

（なんだ……この力は？　まるで体の奥から溢れてくるような……）

先程までの、千々《ちぢ》に乱れていた時とは違う。

澄み切った感情が、そのまま刃《やいば》の形を取るかのような。

「……」

根拠《こんきょ》はない。

だがガイゼルの中には、何故かはっきりとした確信《かくしん》があった。

柄を握りなおすと、再びクレーヴェルに短剣の切っ先を向ける。

そのまま流れるような挙動で床を強く蹴《け》った。

黒く輝《かがや》く刃がクレーヴェルの心臓を、真《ま》っ直《す》ぐに貫《つらぬ》く――

「無駄《むだ》だ。この肉体が死ぬだけで、僕の魂に傷は――……!?」

直後、クレーヴェルの口《くち》の端《は》から、赤い血が一筋伝う。

他でもない彼自身がいちばん驚《おどろ》き、すぐさまガイゼルとの距離《きょり》を取った。

「なぜだ!?　どうして――」

しかしガイゼルは応じず、クレーヴェルを静かに睨《にら》み据《す》える。その眼差《まなざ》しはクレーヴェルがよく知る誰かに似ており――次第《しだい》に余裕は恐怖《きょうふ》へと塗《ぬ》り替《か》わった。

間違《まちが》いない。自身の核《かく》となる部位に殺意が突き立てられている。

「待て!!　お前はいったい――」

焦燥《しょうそう》するクレーヴェルの瞳に、深い青紫の光をまとったガイゼルの姿が映った。

ガイゼル自身は気づいていないようだが——それは間違いなくクレーヴェルと同じ、精《せい》霊《れい》の『王家』の力。

「まさか……兄、さ……？　死んだ、はずじゃ……」

ばりん、と自らの魂がひび割れる音を聞きながら、クレーヴェルはどさりと石床に倒《たお》れ込んだ。同時に廃墟《はいきょ》全体を覆《おお》っていた空気の重さがふっと軽くなり、遠くから複数の足音が近づいて来る。

「陛下《へいか》！　ご無事で——」

ヴァンの叫《さけ》びと共に、ホールの扉が開け放たれた。

おそらくクレーヴェルが施《ほどこ》していた目くらましの術が解けたのだろう。同時に、応援《おうえん》の兵士たちもその場になだれ込んで来る。

だがガイゼルはすぐさま踵を返すと、床に横たわっていたツィツィーを抱きかかえた。現場の惨状《さんじょう》と倒れるリーリヤに目を剝《む》くヴァンたちの脇《わき》を通《とお》り抜《ぬ》けると、走りながら指示を出す。

「すぐに大学中の医師を集めろ!!　ツィツィーが——」

そのままガイゼルはツィツィーを消毒処置された病院の治療室《ちりょうしつ》に運び込み、急ぎベッドへと寝《ね》かせた。救急《きゅうきゅう》医療《いりょう》を担当する医師たちが一斉《いっせい》に駆《か》けつけ、ガイゼルたちはしばし外へと追い出される。

そこでようやく主君の深手《ふかで》に気づいたヴァンが、慌《あわ》てて声をかけた。

「陛下、お怪我《けが》の手当てを」

「いらん。ここで待つ」

やがて数十分が経過したところで、ようやく治療室の扉《とびら》が開いた。

ガイゼルはすぐさま歩み寄ると、先頭にいた医師の胸倉《むなぐら》を摑《つか》む。

「ツィツィーは――」

「大変、申し上げにくいのですが……」

医師たちの顔が一様に曇《くも》り、ガイゼルは彼らを押しのけるようにして室内へと乗り込んだ。中央のベッドには見るのも痛々しいほど包帯を巻かれたツィツィーの姿があり、ガイゼルはすぐに彼女の手を握りしめる。

だが反応はなく、ガイゼルはぐっと下唇《したくちびる》を噛《か》みしめた。

あとから入って来たヴァンが、沈痛《ちんつう》な声音《こわね》で報告する。

「出来る限りの手は尽くしたそうですが、創傷《そうしょう》によるショックと失血があまりにもひどく……。痛みを緩和《かんわ》させる投薬が精いっぱいで、おそらくあまり時間は――」

「……」

途中《とちゅう》から、ヴァンの言葉は耳に入っていなかった。

（嘘《うそ》だ。そんなはずはない。ここには大陸一の医師が揃《そろ》っている。それなのにツィツィーがこんなところで死ぬわけがない。そんなこと絶対にない。俺が許さない——ツィツィーが俺より先に逝《ゆ》くわけないだろうが!!）

目の前がぐにゃりと歪《ゆが》む。

喉《のど》の奥から苦いものが込《こ》み上《あ》げる。

するとガイゼルの心の叫びが届いたのか、ツィツィーの瞼《まぶた》がほんのわずかに開いた。

「ガイ、ゼル……？」

「ツィツィー⁉　しっかりしろ、すぐに医者を——」

だが離《はな》れかけたガイゼルの手を、ツィツィーは指先だけで軽く引きとめた。

「良かった、無事、で……」

「ああ、無事だ。そんなことはいい。お前は助かる、だから——」

「なにも、見えなくて……。だからせめて、声だけでも、聞いて、いたくて……」

その言葉通り、ツィツィーの視線はどこにも向いていなかった。

弱まっていく鼓動《こどう》。熱を失っていく手。

指先に触《ふ》れる体温は雪に触れているかのように冷たくて——あまたの戦場で多くの味方を看取《みと》ってきたガイゼルは、それが何を意味しているのか痛いほどに理解していた。

ヴァンの方を振り返ると、彼は何も言わずに頭を下げて退室する。

やがて二人だけになった部屋で、ガイゼルは改めて椅子《いす》に腰《こし》かけると、ツィツィーの手を強く握った。

「……お前と会ったのは春——雪が解けたばかりの頃《ころ》だったな」

そうしてガイゼルは、ツィツィーと再会した最初の日のことを語り始める。


「お前が王宮入りする正確な時間を教えたら、俺が執務《しつむ》を放り出して飛んで行くと思ったんだろう。到着予定《とうちゃくよてい》は知らされず、ランディからは無理やりな量の仕事を入れられた。だからお前が執務室に突然《とつぜん》現れた時、俺は『女神《めがみ》がいる』と心の底から驚いたんだ……」

幼い頃、ラシーで救ってもらったことを伝えたくて。

でも忘れられていたらと不安になって、なかなか言い出せなかった。

「一緒《いっしょ》に暮らし始めてからも、俺は全然、お前に愛想《あいそ》よく振《ふ》る舞《ま》えなくて……。でもお前はそんな俺に、いつも優《やさ》しく接してくれた……」

久々に共にした晩餐《ばんさん》後に呼び止められた時は、離縁《りえん》を切り出されるのかと冷《ひ》や汗《あせ》をかいた。

だがツィツィーは皇妃《こうひ》教育《きょういく》がつらいと零すこともなく、愛のない政略結婚《けっこん》など嫌《いや》だと泣くこともなく、いつもガイゼルに手を差《さ》し伸《の》べてくれた。

仕事で疲《つか》れ切《き》っている時も。

心ない者から陰で批判された時も。

「お前が一人でラシーに帰った時は、本当に生きた心地《ここち》がしなかった……。あの時俺は、自分の思いを口にしなかったことを心の底から悔《く》やんだ……」

もう間に合わないかもしれない。

やり直せないかもしれない。

そんな不安を振《ふ》り払《はら》うようにして、なかば無理やり彼女を連れ戻した。

「でもお前は俺のためを思って、みずから身を引く覚悟だった……。どうしてもっと早く俺に聞いてくれなかったんだ？　そうしたら『そんなことは絶対にない』と何度だって言ってやったのに……」

ラシーを出た翌日に泊まった、二人きりの簡素な宿屋。

ぽろぽろと涙《なみだ》を零すツィツィーから発された言葉は、どれも『ガイゼルが好き』と言っているかのようで——それを耳にしたガイゼルは居ても立ってもいられなくなり、恥《はじ》も外聞《がいぶん》もなくその場で彼女に告白した。

ようやく互《たが》いの気持ちが通じ合った。

奇跡《きせき》だ、と思った。

「そこからヴェルシアまでも大変な旅だったが、俺は毎日楽しかった。イシリスに逃れたあともそうだ。どんなにつらい場所でも、境遇《きょうぐう》でも、お前がいたから、俺は……」

肌《はだ》がひりつくような灼熱《しゃくねつ》の砂漠《さばく》を、水を分け合いながら歩いたこと。

ウタカの宿で熱を出し、無様な姿を見せたこと。

帝位を失いかけたガイゼルの傍《そば》に、ずっと一緒にいてくれたこと。

母国を守る戦いに赴《おもむ》く自分と、共に来てくれたこと。

「本当はもっと、お前に言いたいことがあった……」

ルカとの仲を疑って悪かった。

養父と打ち解けるきっかけをくれて感謝している。

ウエディングドレス姿はこの世のものとは思えないほど美しかった。

結婚式《けっこんしき》の夜。見栄を張って痩《や》せ我慢《がまん》したのを、実は少しだけ後悔《こうかい》した。

「どうして……」

ラシーについて行こうと言い出したのは下心もあった。

寝ているツィツィーにキスしようか、寝台《しんだい》ですごく悩《なや》んだ。

姉たちにやり返すさまは、見ているだけで胸がすくようだった。

「どうして、俺は……」

ガイゼルの醜《みにく》さも弱さもすべて、いつもその小さな体で受けとめてくれた。

「お前に、本当の……『心の声』を、伝えて、いなかったんだろう……」

完璧《かんぺき》な美しさ。可愛《かわい》い。小鳥のようだ。天使。女神。可憐《かれん》な声。妖精《ようせい》。眠《ねむ》り姫《ひめ》。世界一の美術品——ツィツィーを見る度《たび》、触れる度、ガイゼルの心には泉のように次から次へと言葉が溢れた。

もちろんそのすべてを口にしていたら、彼女はきっと驚いて、恥《は》ずかしがって、時には『嘘ですよね⁉』と真っ赤になって否定していただろう。

はにかんだり、怒《おこ》ったり——ころころと目まぐるしく変わるツィツィーの顔を想像したガイゼルは、冷え切った心の一部が少しだけ温かくなるのを感じる。

だが今目の前にいる彼女は、ただ黙ってガイゼルの声を聞くだけだ。

やがてツィツィーが虚空《こくう》を見つめながら、ぽつりと零した。

「ガイ、ゼル……」

「……どうした？」

「……キス、して……」

残された力を振《ふ》り絞《しぼ》って、ツィツィーが弱々しく笑う。

それを見たガイゼルは、今すぐ自分の心臓を取り出して彼女と入《い》れ替《か》えられたなら、そうしたらどれだけ幸せか——と慟哭《どうこく》したい衝動《しょうどう》に駆られた。

だがその激情を一切《いっさい》見せないまま、静かに目を細める。

ガイゼルは顔を傾《かたむ》けると、ゆっくりと上体を彼女に近づけた。

彼女のか細い息を止めてしまわないようそっと口づけ、そのまま静かに目を閉じる。

瞼のふちまで溜《た》まっていた涙が、ついにガイゼルの頬を一筋伝い落ちた。

彼女の前で泣くのは、これで二度目だ。


「――俺は、お前が好きだ」

唇《くちびる》を離し、幸せそうに微笑《ほほえ》む彼女を見る。

「今後一生、お前以外を妻に迎《むか》えるつもりはない」

声が震《ふる》える。しっかりしろ。

ツィツィーに聞こえないじゃないか。

「俺は……お前以外は、……いらん……」

絞り出した声とともに、悲しみがまた一粒《つぶ》、ツィツィーの白い頬に落ちた。


(――?)

ガイゼルは初め、夢を見ているのかと瞬《まばた》いた。

だが現実に、眼前のツィツィーの体がうっすらと青色に輝いている。

「ツィツィー……？」

やがてその光は強さを増し、ふんわりとツィツィーから離れたかと思うと、ベッドを挟《はさ》んだ向かい側でゆっくりと収束した。

最初は小さな球体。次いで蝶の形に変化したかと思うと最後は人間ほどの大きさになる。

その光の中から、美しい女性が姿を現した。

「誰だ、お前は……」

白銀の長い髪。その瞳は空色で、まるでツィツィーが齢《よわい》を重ねたかのような姿だ。

女性はガイゼルに向かって微笑みかけると、横たわるツィツィーの体にそっと白い手を伸ばす。同時に人の声ではない周波の音が、ガイゼルの耳に直接働きかけた。

『――巻き込んでしまって、ごめんなさい』

「……！」

『わたしはリステラリア。わたしの力を使って、彼女を助けます――』

そう言うとリステラリアはツィツィーの手を取り、厳《おごそ》かに祈りを捧げ始めた。

その名乗りと、全身を淡《あわ》い青色の光に包まれた姿にガイゼルは我が目を疑う。

（リステラリア……。クレーヴェルが言っていた、精霊の王妃《おうひ》……）

すると不思議なことに、ツィツィーの顔や手足にあった傷がどんどん薄《うす》くなり始めた。

頬にはわずかに赤みが差し、神のなせる業《わざ》のようなその光景を前に、ガイゼルの心にわずかな希望が生まれる。

だがすぐにでも身じろぎしそうな状態に見えてもなお、ツィツィーは目覚めなかった。

「……おい、どうなってる！」

『——すみません。体の傷は癒《いや》せましたが、魂についた傷があまりにも深く……。わたしの力ではこれが限界で……』

「ふざけるな……！」

稲妻《いなずま》のような怒《いか》りが体を駆け抜ける。だがリステラリアの表情は真剣《しんけん》そのもので、とても生半可《なまはんか》な気持ちで口にした言葉ではないと尋《たず》ねずとも分かった。

「……どうしたらいい」

『……』

「どうしたらいいかと聞いている‼」

やるせない気持ちをどうにか発露《はつろ》しようと、ガイゼルが咆哮《ほうこう》する。

「俺の命ならいくらでもくれてやる！　だからツィツィーを、ツィツィーだけは……‼」

だがリステラリアは無言で俯《うつむ》くばかりで、ガイゼルは「くそっ」と短く吐《は》き捨《す》てた。

ツィツィーの手をリステラリアから奪《うば》い取《と》ると、自らの胸にあった護符と一緒に握り込む。

「ツィツィー、お前がくれた護符だ。これがあればどこに行ったたって、必ず無事に戻《もど》って来《こ》られるんだろう？」

当然返事はなく、ガイゼルはなおも呼びかけるように強く力を込めた。

すると中央の青い宝石に突如《とつじょ》びしっとひびが入り、二人の手の間から砕《くだ》けた欠片《かけら》がぱらぱらと零れ落ちる。ツィツィーの一途《いちず》な思いが――二人で生きていた証《あかし》がいよいよ失われていく気がして、ガイゼルは息を呑んだ。

「頼《たの》む……」

神でも精霊でも、なんにでも祈ってやる。

「お願いだ、目を開けてくれ……」

お前がいない世界なんて、俺には意味がないんだ。

「ツィツィー……！」

俺を一人にしないでくれ。

その瞬間、繋《つな》いでいたその手の中がふわっと淡く光った。

（……？）

光はガイゼルの腕を伝っていき、そのまま彼の全身に広がる。

己《おのれ》を包む青紫の輝きにガイゼルが驚いていると、すぐ耳元で男の声がした。

『そのままだ』

「……！」

『もう一度俺の力を貸す。彼女が生きる姿を強く念じろ』

ツィツィーの手を包む自分の手の甲《こう》に、更《さら》に大きな手のひらが重なったかのような感覚があり、ガイゼルはそのまま目を閉じた。

かけがえのない存在が目を覚まし、驚いた表情で起き上がる様子を想像する。

（ツィツィー……）

目が合うと、照れたようにはにかむ姿。

戸惑いながらも、懸命にガイゼルの愛情に応えてくれようとする場面。

読書にいそしむ真面目な横顔。

初めて見る雪にはしゃぐ可愛らしいところ。

ガイゼルの名前を呼ぶ時の――嬉《うれ》しそうに輝く大きな瞳。

彼女と過ごした宝石のような日々を思い出し、ガイゼルは手に力を込める。

（帰ってこい、ツィツィー……！）

青紫の奔流《ほんりゅう》が、ゆっくりとツィツィーの体へと流れ込む。

ガイゼルはその光景を、ただ祈りながら見つめていた。

◆

ツィツィーは夢の中にいた。

（ここはまた……いつもの場所でしょうか……）

恐《おそ》ろしい何かから、夜の古城を逃げ回る悪夢。

だが窓の外は夜ではなく、灰色の雲に覆われた空から雨が降っていた。

建物もしっかりしていて、誰かに追われている気配もない。

（いったい……どこに行けば――）

まるで自分が幽霊《ゆうれい》になったような感覚のまま、ふわふわと城内をさまよい歩く。

かなり大きなお城なのに見張りの兵士やメイドたちが一人もおらず、ツィツィーが不思議に思っていると――庭の向こうにある塔《とう》の近くで多くの人影《ひとかげ》を発見した。煙《けむり》のようにするりと窓を通り抜けると、ツィツィーはその場所へこっそりと近づく。

（なんだか……ラシーで暮らしていた建物にそっくりです……）

塔に入る扉の内外に、老若男女《ろうにゃくなんにょ》を問わず多くの臣下が集《つど》っていた。

どうやら彼らの目にツィツィーは見えていないらしく、そのまますり抜けるように奥の部屋へと進んで行く。そこには大きな声で泣く女の子と、涙を堪《こら》えるように必死に歯を食いしばっている少年の姿があった。

彼らの見つめる先には——台座の上に置かれた青い石のペンダント。

一連の夢の最初に、ツィツィーが身に着けていたものだ。

しかし今は、中央に大きな白い混合物《インクルージョン》が内包されている。

(あの石……よく見ると、私がガイゼル様に差し上げた護符に似ているような……)

やがて部屋の隅《すみ》に立っていた大人が、おずおずと子どもたちに話しかけた。

「……陛下の術は先ほど無事に成就《じょうじゅ》いたしました。王妃殿下《おうひでんか》の魂は、長い時間を経《へ》て蘇《よみがえ》り——我々も未来の『精霊国』のため、じき大地の下で眠りにつくでしょう」

「……」

「本来であれば陛下の玉体《ぎょくたい》が残るものなのですが……いかんせん、今まで誰も使ったことがない大いなる術でしたので……。お命の名残《なごり》を、こうして王妃殿下の形見に納《おさ》めておくことが精いっぱいでした。ですがこれも間もなく——」

緑がかった黒髪《くろかみ》に片眼鏡《モノクル》。

それを見たツィツィーは目をしばたたかせる。

(あれは……人間姿のレヴィ?)

彼の隣《となり》には同じく人形《ひとがた》のルーヴィもおり、ツィツィーはここが精霊の世界であることを察する。しかし子どもたちの悲しみが晴れる気配はなく、レヴィは心配で様子を見に来ていた他の臣下たちに向けて、今は戻りなさいと眼だけで合図を送った。

「最期《さいご》に、陛下に伝える言葉もおありでしょうから、わたくしどもは一度この場を失礼いたしますね。……殿下《でんか》たちのお気持ちが落ち着かれた頃、またお迎えに上がりますので……」

心配そうなルーヴィを無理やり引っ張るようにして、レヴィたちもその部屋をあとにする。残されたツィツィーはこのまま居ていいのかしらと不安を抱きつつも、どうしてもその場から離れることが出来なかった。

しばらくして、少年が口を開く。

「泣くな、エイリーン」

「お兄さま……。だって、お父さまが……」

「お父様は精霊国の未来を信じ、お母様を元に戻すためにご自分を捧げられたんだ」

「……でもそのせいで、お父さまは、もう……」

半泣きの妹の言葉に、少年はぐっと口を引き結んだ。

「エイリーン。お願いがある」

「……？」

「きっとレヴィは許してくれないだろう。でも……力を貸してほしい」

そう言うと少年は、安置《あんち》された形見を手に取った。

割れないよう青い宝石《ペンダント》を丁寧《ていねい》に両手で覆うと、目を閉じて何かを祈り始める。すぐに鮮《あざ》やかな——ラシーの海のような瑠璃色《るりいろ》の光が少年の指の間から溢れ出した。

「お兄さま？　なにしてるの」

「お父様に僕の力をお返ししているんだ」

するとエイリーンと呼ばれた女の子はぱあっと頬を赤らめると、ぴょこんと兄の向かいに駆《か》け寄《よ》った。兄の手ごと宝石を包むと、彼女もまた嬉しそうに祈りを捧げる。

小さくてふっくらした手の甲から白い光がじんわりと滲《にじ》んだ。

「分かった！　お父さまを生き返らせるのね？」

「出来るかは分からないよ。でも僕らは、お父様とお母様の魔力《まりょく》が混じり合って生まれた特別な精霊だ。だからきっと、僕らの力をお父様にお戻しすれば——それはお父様の命を繋ぎとめることになるんじゃないかって」

だいたい、と少年は呆《あき》れたように微笑む。

「お母様が目覚めた時、お父様がいなくなっていたらすごく怒りそうだろう？　『どうしてそんな大変なことを、自分一人だけで背負おうとしたの？』ってさ」

「ふふ、怒られそう！」

「それに……蘇ったお母様にいちばん会いたいのは、きっとお父様だ」

精霊国の未来を頼むと告げて、一人犠牲《ぎせい》になった父親。

命に限りがない自分たちは彼の術の庇護《ひご》のもと、大地に抱《いだ》かれ昏々《こんこん》と眠り続けていれば、いつか元通りになった母親と会えるに違《ちが》いない。

だが父親は——愛しい妻を救うために、大切な国を守るために、自分の魂を丸ごと投げ出した父親だけは、一目としてまみえることが叶《かな》わない。

そんなのはちょっと、可哀《かわい》そうだ。

「ただこのことをお父様が知ったら、めちゃくちゃ怒るだろうなあ」

「お父さまに怒られる？」

「うん。僕の力……エイリーンの力もほとんど残らないと思う。そうしたら僕たち、精霊ではいられなくなってしまうからね」

「わたしたち、死んじゃう？」

「すぐにではないかな。でも人間と同じになってしまう。年を取って、身体《からだ》が朽《く》ちたらそこで終わり……。やめておく？」

兄からの問いに、エイリーンはぶんぶんと首を振った。

「やめない！　だって、お父さまとお母さま、もう一回、会ってほしいもん」

「僕もだ。お父様には二人で怒られよう。まあお父様の力が完全に戻ることがあれば、また僕らを作り出してくれるかもしれないし……」

やがて手の中の宝石が、じんわりと熱を帯び始めた。

消えかかっていた父親の命の火が、ようやく淡く輝き始める。

「お父様。どうか未来で、お母様と幸せに——」

目の前で顔を真っ赤にして、うんうんと唸《うな》る小さな妹。

それを見た少年は、どこか嬉しそうに微笑むのだった。

◆

ツィツィーが目を開けると、潤《うる》んだ青紫の瞳とぶつかった。

ぱちぱちと何度か瞬《まばた》いてみたが、どうやら夢でも幻《まぼろし》でもないらしい。ゆっくりと起き上がったツィツィーが口を開くよりも早く、強くガイゼルに抱きしめられた。

「ツィツィー……！」

「ガイゼル……様……？」

恐る恐る彼の背中に手を回す。しっかりと張った肩甲骨《けんこうこつ》に大きな上背《うわぜい》。そこから伸びる力強い両腕《りょううで》に囲われたまま、ツィツィーはしばし自分の置かれた状況《じょうきょう》に混乱する。

ふと目をやるとベッドの脇に、ほっそりとした綺麗《きれい》な女性が立っていた。

「あなたは……」

『こうして顔を合わせるのは初めてですね、ツィツィー。わたしはリステラリア。あなたには、本当につらい思いをさせてしまいました……』

ツィツィーはそこでようやく、二千年前彼女に降りかかった不幸や、彼女の夫が何を思い、何を為《な》したのかを知った。

その結果『心の声が聞こえる』という能力が、自分に宿ったいきさつも。

『クレーヴェルの所業《しょぎょう》は、どれを取っても許されるものではありません。ですが――わたしの魂を二つに分けることで、「心の声」に苦しんでいた皆《みな》さん――そして幼かったあなたの心が救われた。それだけは僥倖《ぎょうこう》であったと思います』

「リステラリア様……」

『おかげで――こんな奇跡に巡《めぐ》り合《あ》わせてくれた』

彼女の隣に、青紫の光が収束する。

それははっきりと人の形になり――その風貌《ふうぼう》にツィツィーは息を呑んだ。

（ガイゼル様……？）

黒い髪に青紫《あおむらさきいろ》色の瞳。

だが髪形《かみがた》も衣装《いしょう》もまったく異なり、年も彼の方が随分《ずいぶん》と上に見える。しかしまとう空気はガイゼルのものと酷似《こくじ》しており――目をしばたたかせるツィツィーに気づいたのか、男性はふっと目を細めた。

『まさか、こんなことになっていたとはな』

「あの、あなたは……」

『名はアドニス。精霊たちの王、と言った方が分かりは早いか？』

「せ、精霊王……!?」

幾度《いくど》となく目にし耳にした名前だが、本物と言われるとにわかには信じがたい。

アドニスは、ツィツィーの傍に立つガイゼルを睨みつけると、怒っているような、呆れているような複雑な表情を浮かべた。

『――まったく、無茶なことをする』

「何の話だ」

『お前にではない。俺の子どもたちに向けて言っている。世話になったな、エイリーンの息子――いや、もう子孫という方が正しいか』

「子孫……？」

突然《とつぜん》突《つ》きつけられた単語に、ガイゼルは分かりやすく眉間《みけん》に皺《しわ》を寄せる。一方それを聞いたツィツィーは、先ほど迷《まよ》い込《こ》んだ夢に出てきた女の子のことを思い出した。

（エイリーン……。そういえばあの時、人間になると……）

アドニスはリステラリアにちらりと視線を向けたあと、ガイゼルに告げる。

『お前に流れる血の源《みなもと》は、力を手離した俺の子どもだ。とはいえ普通《ふつう》の人間に比べるとそれなりに強靱《きょうじん》だっただろう。術に対する耐性《たいせい》も高い。リズ――リステラリアの魂が近くにいる間は特にな』

アドニスからの視線を受け、ツィツィーはそういえばと回想した。

（ガイゼル様はどんな大きな怪我をされても、普通の人では考えられないほど治りが早かった……。それは、私が傍にいたから……？）

ツィツィーの脳裏《のうり》に、これまでの危機的状況《じょうきょう》が浮かんでくる。

クレーヴェルが体を乗っ取ろうとしてもけして主導権を渡《わた》さなかったし、意識を失うほどの大怪我をしてもほとんど時間を置かずに復活していた。あれだけの死闘を繰《く》り広《ひろ》げた直後だというのに、今も平然とした様子でツィツィーの隣にいられるくらいだ。

『クレーヴェルの夢に介入《かいにゅう》出来たのもそのためだ。おそらく俺が眠っていた宝石を通じて本能的に奴《やつ》を牽制《けんせい》したのだろう。良かったな。俺たちの結びつきが強くて』

それを聞いたツィツィーは、はっと目を見張った。

（もしかして、ガイゼル様の『心の声』がやたらはっきり聞こえるのって……）

精霊妃《せいれいひ》の魂を内包したツィツィー。

精霊王の血を受《う》け継《つ》いだガイゼル。

彼らの強い絆が、あの『だだ漏《も》れ』を生み出していたのかもしれない。

（でもまさかガイゼル様が、精霊の子孫だったなんて……）

するとその会話を聞いていたリステラリアが諌《いさ》めた。

『許してあげて。あの子たちはあの子たちなりに、自分たちに出来ることを一生懸命《いっしょうけんめい》考えて出した結論なんだから』

『だが、そのために自分たちの力をすべて俺に戻すなど』

『どこかの誰かさんが「己《おのれ》の命と引《ひ》き換《か》えに国と妻を救う！」なんて無謀《むぼう》なことをしなければ、あの子たちだってこんな方法はとらなかったと思うわ』

『し、しかし、俺は王として、しかるべき決断を――』

『何のために、わたし《王妃》がいると思っているの？　あなた《王》を一人にしないためよ』

そう言うとリステラリアは、ベッドの傍に立つガイゼルを見た。

『あなたもよ、氷の皇帝《こうてい》さん』

「……？」

『彼女の中にいる間、ずっと心の声が聞こえていたの。彼女を生かすためなら、自分はどうなってもいいなんて思ってはいけないわ。その子は、あなたを犠牲にしてまで生《い》き永《なが》らえても、きっと喜びはしないはず』

ガイゼルにじっと凝視《ぎょうし》され、ツィツィーは慌ててこくこくと頷《うなず》いた。

それを見たリステラリアは、満足そうにアドニスの方を振り返る。

『ほら、そういうものよ。まあでも今回に限っては、傍にいて支えてあげられなかったわたしがいけなかった。……本当にごめんなさい』

『あの状態のお前に非はない。俺の方こそ勝手をして……悪かった』

神妙《しんみょう》に頭を下げたアドニスだったが、すぐにリステラリアを見つめる。

『だが俺は本当に……お前に戻ってきてほしかった。そしてお前が愛していた国と民《たみ》たちすべてを守りたかったんだ。そのためになら、命を捧げても惜《お》しくないと思った――』

『あなた……』

『なのに、お前ともう一度再会出来るなんて……夢でも見ているかのようだ』

それを聞いたリステラリアは花が咲《さ》くように微笑むと、彼に向かって両腕を伸ばす。

『私も同じよ、アドニス』

『リズ……』

『まさかこうして……。また、あなたに会えるなんて……』

アドニスも両手を伸ばし、リステラリアを強く抱き寄せた。

二千年の時を経た再会の抱擁《ほうよう》を前に――ツィツィーは涙を滲ませる。

（良かった……あの子たちの願いが、叶ったんですね……）

やがてガイゼルが、アドニスに向かって口を開いた。

「ともあれ感謝する。ツィツィーを救ってくれたこと、そして――クレーヴェルを倒す力を分け与えてくれたことを」

『礼を言うのはこちらの方だ。悪かったな、身内の問題に巻き込んで』

「奴《クレーヴェル》は死んだのか？」

『いや、魂にわずかなひびを入れただけだ。数百年もすれば自然と治癒《ちゆ》するだろう』

「であれば、次の目覚めに備えて何らかの封印《ふういん》が必要か」

『そこは俺の方で対処しよう。……あいつには、言いたいこともある』

『あなた……』

リステラリアが不安そうにアドニスを見、彼もまた視線を落とす。

『俺は絶対に、あいつが犯《おか》した罪を赦《ゆる》すつもりはない。しかし思惑《おもわく》は違えど、あいつがずっとリズの魂を見守り続けてくれたことは事実だ。それに、その体を借り受けていた人間たちの保護も……。おかげでこうしてリズは無事元に戻ることが出来た。そのことは……感謝しなければならないと思っている』

術をかけたアドニスですら、その未来を予想し得なかったイレギュラー。

そんな彼女の魂によりそってきたのは、他ならぬクレーヴェルだ。

たとえどんな独善的な理由であろうとも。

『……もっと、話をすれば良かったんだろうな。あいつが何を考えて、何を思って……どうして道を踏み外したのか。そうしたらきっと、こんなことには……』

やがて眼前に立つ二人の輪郭《りんかく》が、じわりとぼやけ始めた。

それに気づいたリステラリアは切なげに目を細める。

『そろそろ限界みたいね』

「限界……？」

『実は、修復してきた魂の力をさっきほとんど使ってしまったの。だからまたしばらく眠って力を取り戻さないと』

『俺もだ。あいつら《子どもたち》に力を戻してもらったとはいえ、かつての己には遠く及《およ》ばない。この姿を保つのもそろそろ仕舞《しま》いだろう』

「これから、どちらに行かれるのですか？」

『そうね……。どこか二人で眠り続けられる場所を探してみるわ。長い時間をかけて生成される結晶《けっしょう》——宝石とかが良《い》いんだけれど、あなたのそれ《短剣》にはもうルーヴィがいるようだし……』

『この世界にもう「精霊国」はない。であれば、どこであっても変わらんさ』

そう言って片笑《かたえ》むアドニスを見て、ツィツィーは思わず口を開きかけた。

だがわずかに逡巡《しゅんじゅん》すると、傍にいたガイゼルをちらりと見る。

すると彼は何も聞かないまま「いけ」と口の形だけでツィツィーの背を押した。

「あの、良ければお二人に提案があるのですが……」

『提案？』

「宝石でしたら、こちらのものはいかがでしょうか」

ツィツィーはそう言いながら、薬指にはまっていた指輪を抜いた。

手のひらに乗せて二人の前に差し出すと、リステラリアがふるふると首を振る。

『……だめよ。あなたにはたくさん迷惑《めいわく》をかけてしまった。それなのにまた――』

「お二人が大地の下で眠っている間に、いつか掘《ほ》り起《お》こされて離《はな》れ離《ばな》れになってしまうかもしれません。前に実際、そういうことがありましたし……。でもこの指輪でしたら、そう簡単に壊《こわ》されることはないと思います。私も精いっぱいお守りしますから」

その言葉に、リステラリアはすぐさまアドニスの方を振り返る。

彼もまた困惑《こんわく》したような顔で、ツィツィーに確認《かくにん》した。

『だがいいのか？　その石はお前たちの大切なものだろう』

「もちろんそうですが……。でもお二人が離れずにすむのであれば、その方が私は嬉しいです。それに……出来ればお二人で、弟さんを待ってあげてほしいんです」

『クレーヴェルを？』

「はい。後悔、しているんですよね？　ちゃんと話をしなかったこと……」

『……』

「私も……きちんと言葉にしなかったせいで、間違った行動を取ってしまったことがありました。その時はガイゼル様がたった一人で、私を迎えに来てくれましたが……。その時に痛感したんです。思いはちゃんと、口にしないといけないって」

もう一度ガイゼルの方を見上げる。

彼は何も言わず、ただ静かに口角を上げていた。

「きっとすごく、ものすごく先のことになってしまうとは思うのですが……。でもいつかは会えるのですよね？　でしたら今度こそ、ちゃんとお話ししてください。弟さん——クレーヴェルさんと」

「ね？」というツィツィーの視線を受け、アドニスはやれやれと降参《こうさん》した。

それを見ていたリステラリアもまた、夫の方を見て微笑む。

『わたしも、それがいいと思うわ』

『リズ……』

『待ちましょう、クレーヴェルが戻って来るのを。そしていつか、あの子たちも——』

リステラリアが、ツィツィーに向かってにっこりと微笑んだ。

『わたしたちはまた、長い長い眠りにつきます。でもあなたのことも、その子どもたちのことも、いつまでも大切に見守っていますから……』

『お前たちの子どもは、俺たちの子どもでもあるからな』

「……はい！」

ツィツィーが持つ指輪の上に、リステラリアがそっと自身の手を重ねる。

その上にアドニスの手が重なり、精霊二人の姿がいよいよおぼろげなものとなった。

リステラリアの二千年の旅が終わり、また一から眠りが始まる。

でも今度は、ひとりじゃない。


『ツィツィー……本当に、本当に、ありがとう――』


やがて彼らは姿を消し、ツィツィーの手には見慣れた指輪だけが残った。

だがよく見ると――薄青《うすあお》と青紫のバイカラーに変化している。

（今度こそ……二人一緒に）

しばらくそっとしておいてあげましょう、とツィツィーはもう一方の手でそっと指輪を覆《おお》い隠《かく》した。するとガイゼルがツィツィーのいるベッドの端《はし》に腰かけたかと思うと、そのまま全力で抱きしめてくる。

「ガ、ガイゼル様⁉」

「……」

全身を痛いほどに抱擁《ほうよう》され、ツィツィーは当然困惑した。

それにいつもであればこんな時、彼からの怒涛《どとう》の『心の声』が響《ひび》いてくるのだが――不思議なことに、今はまったく聞こえてこない。

（もしかして、王妃様が私の中からいなくなったから……？）

おかげでガイゼルが何を考えて行動しているのか分からず、ツィツィーは真っ赤になったまま彼の言葉を待つ。するとガイゼルの口から、安堵《あんど》と喜びとためらいと色々が混じった一言がようやく絞り出された。

「好きだ……」

「え⁉」

「お前が戻ったらいちばんに言うと決めていた。好きだ」

（えええー⁉）

古城から病室に移動する間に、いったいどんな心境の変化があったというのか。

冥府《めいふ》の川を渡りかけていたツィツィーには、ガイゼルのこれまでの葛藤《かっとう》や後悔は微塵《みじん》も伝わっておらず、ただただ動揺《どうよう》するばかり。

やがてノックの音がし、悲痛な表情を浮かべたヴァンが治療室の扉を押し開いた。

その背後には、目を真っ赤にして泣き腫《は》らしたリジーの姿もある。

「……陛下、大変お悲しみのことと理解しておりますがどうか――えっ？」

ベッドに座って抱き合う二人を目撃《もくげき》し、ヴァンが大きく目を見張る。

ヴァンの後ろにはリジーの他、打ち首を覚悟した医師団、流刑《るけい》を言い渡されると震える兵士たちとその上役。さらにはリヴ・モナの宰相《さいしょう》も続いており、彼らは先頭にいるヴァンの動揺に気づかぬまま、ぞろぞろと大挙《たいきょ》して押し寄せて来た。

だがガイゼルはツィツィーを抱きしめたまま、いっこうに手放そうとしない。

「あ、あの、陛下、皆さんが心配して見に来てくださいましたよ？」

「そうか」

「そ、そうか、ではなくて、その……」

「愛している。俺の天使。ヴェルシアの女神。世界一可愛い、俺の妻……」

（あ、あわわわ……）

次々と紡《つむ》がれる恥ずかしい単語たちに、ツィツィーは一気に赤面する。

（せっかく『心の声』が聞こえなくなったというのに……。すべて口に出されては、今までと同じではないでしょうか⁉　というか、あの、皆さんの目が……‼）

今にも儚《はかな》い命を散らそうとしていたはずの皇妃が、何故《なぜ》かぴんぴんした様子で生きている――その事実にしばし混乱していたヴァンだったが、ようやく「はっ！」とばかりに頭上に何かをひらめかせると、そのまま「あの」と小さく手を上げた。

「もしや我々……一度席を外した方がよろしいでしょうか⁉」

「い、いえ！　すぐになんとかしますので‼」

こうしてツィツィーは、連綿《れんめん》と受け継がれた精霊の強力《ごうりき》でびくともしないガイゼルの腕から逃《のが》れるため、じたばたと必死に身じろぎするのであった。

終章

陛下、心の声がだだ漏れです。

長く厳しい冬が終わり、ヴェルシアの民《たみ》が待ち望んでいた春がやってきた。

小川には透《す》き通《とお》った雪解《ゆきど》け水《みず》が流れ込み、農民たちは秋に向けての麦を播種《はしゅ》する。冬眠《とうみん》していた動物たちは次々と目覚め、冷たい土の下で凍《こご》えていた種も芽吹《めぶ》いて、その美しい花を開かせていた。

そんな幸福の季節に、もう一つ大きな喜びが訪《おとず》れる。

「皇妃殿下《こうひでんか》、二十歳《はたち》の誕生日おめでとうございます！」

「我がヴェルシアの母に、永遠の祝福を！」

五月十四日――その日は皇妃殿下の生誕を祝う祝日となり、王宮には彼女を一目見ようと多くの国民たちが詰《つ》めかけていた。

バルコニーには今日の主役であるツィツィー・ヴェルシアと、その夫である第八代皇帝《こうてい》ガイゼル・ヴェルシア。

ツィツィーが身にまとっているのは、最近めっきり予約が取れなくなったと噂《うわさ》の人気ブランド『Ciel Etoile《シエル エトワレ》』の代表デザイナー、エレナ・シュナイダーが手がけたという若草色の上品なドレス。

光沢《こうたく》のあるシルクにきらきらと光を弾《はじ》くオーガンジーを重ねており、胸元《むなもと》や腰《こし》、スカートの裾《すそ》には白薔薇《しろばら》のモチーフが上品にあしらわれている。その姿はまさに『春の女神《プロセルピナ》』といった趣《おもむ》きだ。

にこにことたおやかな様子で手を振《ふ》っていたツィツィーだったが、やがて周囲に聞こえないよう小声でこっそりとガイゼルに抗議《こうぎ》する。

「陛下《へいか》、あの、なにもここまで盛大《せいだい》にしていただかなくても……」

「何を言う。我《わ》が国《くに》では生誕日――特に二十歳を迎《むか》えた時には、一族総出で祝意を表する。お前はヴェルシアの女神《めがみ》も同然なのだから、国を挙《あ》げてその祝いをするのは至極《しごく》当然のことだろう」

「うう……」

今まで一度として、誕生日なるものを特別視したことがないツィツィーは、頑《がん》として突《つ》っぱねるガイゼルを少しだけ恨《うら》めしそうに見つめた。

そうして出御《しゅつぎょ》を終えたツィツィーを待ち受けていたのは、大量の贈《おく》り物《もの》だった。

本来であれば各国の王侯貴族《おうこうきぞく》らを招いて行う式典と言われたのだが、ツィツィーが「それだけはどうか」と固辞《こじ》したため、今年は国内の高位貴族のみの参加となった。

だが周辺国の要人からすれば、「どうにかこの機会にヴェルシア皇帝のご機嫌《きげん》を取っておきたい」という思惑《おもわく》もあり、結果数多くのプレゼントが届いたのである。

「こちらはエディンバルから。ウタカ、イグザル……まあ、ラシーからも」

「リ、リジー……宛名《あてな》が間違《まちが》っているということは」

「そんなはずがありませんわ。どれもすべて、妃殿下のお祝いのためにと」

国宝級の宝飾品《ほうしょくひん》や毛織物《けおりもの》、貴重な書物、香木《こうぼく》などで一部屋がみるみるうちに埋《う》まっていく光景を蒼白《そうはく》になって眺めていると、外套《がいとう》を脱《ぬ》いだガイゼルが部屋に入って来た。

「ツィツィー、体調はどうだ？」

「はい。少し休んだので大丈夫《だいじょうぶ》です」

「そうか、だが頼《たの》むからあまり無理はしないでくれ。以前のように倒《たお》れられては、俺の心臓の方が持たないからな」

「陛下……」

以前は呑《の》み込《こ》まれていた『心の声』が、ごく自然と彼の口から紡《つむ》がれる。

そのことに嬉《うれ》しくなったツィツィーはぐっと両手を握《にぎ》りしめた。

「本当に平気です！　それより、こんな風にたくさんの方に誕生日をお祝いしていただけることが嬉しくて」

「……そうか、良かった」

ガイゼルはほっと安堵《あんど》の表情を見せる。

だがすぐに背後について来ていたメイドたちを振り返った。

「ということだ。やれ」

「え？」

彼女たちの手には、レモンイエロー色の新しいドレスと揃《そろ》いの靴《くつ》が準備されており――

一斉《いっせい》に取り巻かれた中心で、ツィツィーがたまらず叫《さけ》ぶ。

「あ、あの、陛下⁉」

「これから公爵《こうしゃく》五家《ごけ》との会食がある。すぐに着替《きが》えろ」

「わ、私は、今のドレスのままでも十分で――ああっ⁉」

慌《あわ》ててリジーが助けに入るも、有無《うむ》を言わさぬ手際《てぎわ》の良さで着《き》せ替《か》えられていく。

大潮《おおしお》に呑まれる小舟《こぶね》のような気持ちになったツィツィーは、ふと半年前の彼の言動を思い出していた。

（そういえば前に……ドレスが四着はいけると……）

なかば無理やりに二着目に袖《そで》を通す羽目《はめ》になったツィツィーは、どこか得意げなガイゼルと共に貴賓室《きひんしつ》へと移動した。

豪華《ごうか》な天井画《てんじょうが》やクリスタルのシャンデリアが輝《かがや》く一室で食事を楽しんでいたツィツィーは、かつて双方向《そうほうこう》の『本音』が響《ひび》いてきた地獄《じごく》のような会食を思い出し、ほっと胸を撫《な》で下《お》ろす。

（良かった……皆《みな》さんの『心の声』も聞こえません。さっきのバルコニーでも、全然伝わってきませんでしたし……）

やがて懇談《こんだん》を終え、ツィツィーたちは「それではまた夜に」と客室に戻《もど》る公爵家の面々を見送った。最後にガイゼルの養父であるフォスター公爵が二人の前に立ち、恭《うやうや》しく頭《こうべ》を垂《た》れる。

「皇妃殿下。この度《たび》は二十歳の誕生日、おめでとうございます」

「ありがとうございます、グレン様」

「陛下もこの佳《よ》き日《ひ》を迎えられましたこと、心よりお祝い申し上げる」

「ああ」

「……人のことを言えた義理ではないが、そのしかめっ面《つら》をもう少し何とかしたらどうだ？　祝いの席だというのに、他の四家が砂を噛《か》むような顔で食事していたぞ」

「む……」

的確なフォスター公の例えに、同じことをこっそり思っていたツィツィーはつい笑いを零《こぼ》してしまう。それを見たガイゼルは非常に不満そうに腕《うで》を組んだあと「……努力する」と不承不承《ふしょうぶしょう》目を閉じた。

一体何を考えてるのかしら、とツィツィーはガイゼルの『心の声』にこっそり耳を傾《かたむ》ける。だがやはり何も聞こえてくることはなく——ツィツィーは自身の胸に手を置いた。

（やっぱり聞こえません。あの日から——）

ツィツィーの中から、リステラリアの魂《たましい》がいなくなった。

能力を失ったツィツィーは、ついに『普通《ふつう》の人間』になったのだった。


会食を終えると、今度は三着目のドレスが襲来《しゅうらい》した。

当然、ガイゼルが秘密裏《ひみつり》に手配したものである。

午後のお出ましを終えると、今度はもともと着替える予定であったイブニングドレス。

リジーやメイドたちの手を借りて慌ただしく衣装《いしょう》を替えると、今度は伯爵位《はくしゃくい》以上の高位貴族らを招いた夜のパーティーへと引っ張り出された。

これまでの皇妃教育《こうひきょういく》で身につけた知識をフル活用し、挨拶《あいさつ》に来る諸侯《しょこう》らの名前を先に呼びかけると、それぞれに適した話題を向ける。

一年前は「どこの田舎《いなか》王女が」とツィツィーを小馬鹿にしていた彼らも、その見違《みちが》えるような聡明《そうめい》さと、輪をかけて洗練された見事な美貌《びぼう》を前に驚きを禁じ得ない。

またヴェルシアは先頃、かのリーデン商会と提携《ていけい》し、隣国に属するアルドレア港の使用権を獲得《かくとく》。

さらにリーデン商会の子息を王宮へと登用したのだが、その一連の功績はツィツィーによるものとされており、いよいよ周囲も彼女のことを「ヴェルシアの皇妃」として認めざるを得なくなったようだ。

ツィツィーもまた、彼らの態度が明らかに変化したことを実感していた。

(お披露目式《ひろめしき》の時とは、全然違います……)

あの頃《ころ》はずっと、自分が皇妃なんて無理だと思っていた。

だが教育係の根気強い指導があり、ツィツィー自身も様々なことを経験した。

なによりツィツィーを悩《なや》ませてきた『心を読める』という不思議な力。

(小さい頃は「こんな力要《い》らない」と思っていましたが……。いつの間にかこの力に、ずっと助けられていたのですね……)

誰一人《だれひとり》知り合いのいないヴェルシアの土地。

でもあの力があったからこそ、ツィツィーは『氷の皇帝』の本心を知ることが出来た。

それに周りの人の思いや優《やさ》しさを、何一つ疑うことなく信じられたのだ。

(もう聞こえることはなくなってしまったけれど……。でも私は、今までに与《あた》えられた『心の声』をちゃんと覚えています)

共に生き、何を思い、それらをどう受けとめていくか。

能力を失ったとしても、ツィツィーの願いに変わりはない。

もちろんまだまだ知らないことも多いし、ヴェルシアの経国《けいこく》も万全《ばんぜん》とは言いがたい。

民たちの生活や、貴族たちとの関係など改善すべきところもたくさんある。

それでも。

(私は……ガイゼル様の隣《となり》に立てる、皇妃でありたい)

『王《あなた》を一人にしないために王妃《わたし》がいる』——リステラリアの言葉を思い出す。

感慨《かんがい》で胸をいっぱいにしたツィツィーは、ちらりと隣にいたガイゼルを見上げた。

すると彼もすぐその視線に気づき——まるでツィツィーの『心の声』が伝わったかのように、二人は同時に微笑《ほほえ》み合うのだった。


こうして夜遅《よるおそ》くまで、ツィツィーの生誕祭は続いた。

玄関ホールで最後の招待客らを見送ったあと、ツィツィーはふうと息を吐《は》き出《だ》す。

それを見ていたガイゼルが「ふっ」と口角《こうかく》を上げた。

「さすがに疲《つか》れたか」

「え!? え、ええと、少しだけ……」

「そうか。来年はもっと盛大にやるから、覚悟《かくご》しておけ」

「い、いえ! もう十分というか、出来れば縮小の方向で……」

しどろもどろになるツィツィーに、ガイゼルは再び零れた笑《え》みを堪える。

やがてわずかに上体を屈《かが》めると、ツィツィーにだけ聞こえるように囁《ささや》いた。

「着替《きが》えが終わったら、俺の部屋に来い」

「お部屋に、ですか？」

「ああ。……久しぶりに、二人の時間を過ごしたい」

「……は、はい……！」

それだけ言うと、ガイゼルは外套を翻《ひるがえ》してさっといなくなってしまった。

一方残されたツィツィーは彼の言葉を反芻《はんすう》すると、じわじわと頬《ほお》を赤らめる。

（そういえば、しばらくご一緒《いっしょ》していませんでした……）

二人の時間を過ごしたい、というガイゼルの率直《そっちょく》な願いを噛みしめつつ、ツィツィーはリヴ・モナでの騒動《そうどう》を改めて思い出していた。


クレーヴェルとの戦いを終えたあと、ツィツィーは子熊を守る親熊のようになったガイゼルに連れられて、厳重な警備のもとヴェルシアへと帰還《きかん》した。

能力を失ったツィツィーは最初、ガイゼルの真意が分からなくなることで、上手《うま》く心が通《かよ》わせられなくなるかもしれないと不安を覚えていた。

だがそんな憂《うれ》いは、帰国する馬車の中で早々に打《う》ち砕《くだ》かれたのである。

（ガイゼル様からいきなり「今後はお前への愛を、きちんと言葉にしていくつもりだ」と言われた時はどうしようかと思いましたが……。でもそのおかげで、私もちゃんとお答え

出来るようになりました)

どうやらツィツィーが死の淵《ふち》を彷徨《さまよ》っている間、ガイゼルはこれまでの自身の行動をとても後悔《こうかい》したらしい。その宣言《せんげん》通り、ガイゼルはツィツィーに対して素直《すなお》な思いを口にするようになった。

当然『女神』や『妖精《ようせい》』といった極端《きょくたん》に華美《かび》な賛辞ではないが、例えば公務に赴《おもむ》く際は「このまま休みにして、お前と一日過ごしたくなるな」と毎回言うし、帰邸したガイゼルを出迎《でむか》えれば「何度聞いても、お前の『おかえりなさい』は癒《いや》される」と抱《だ》きしめてくれる。

ツィツィーとしては、これまでは知らない体《てい》で過ごしてこられたのに、いよいよ逃《に》げ場《ば》がなくなって戸惑う場面も多々ある。しかし——

(何を聞いても反応出来なかった時よりも、ガイゼル様に気持ちを返せるようになったことの方が嬉しいです……)

ちなみに——ツィツィーの奇跡《きせき》の復活を目《ま》の当《あ》たりにしたリヴ・モナ大学の医師たちから「一度ヴェルシアで医療《いりょう》を学びたい」と留学を希望する声が殺到《さっとう》した。

もちろん本当の理由は(リステラリアたちを守りたいという気持ちもあって)ごまかしたのだが、それでも医師をはじめとした研究者たちの火がついた向学心《こうがくしん》を鎮《しず》めることは出来ず、リヴ・モナは新たに『短期留学』の制度を新設した。

今までのリヴ・モナには、在籍者《ざいせきしゃ》が他国へ移住する場合、これまでの研究成果はすべて没収《ぼっしゅう》。二度と大学にも研究室にも戻《もど》ることは出来ないという縛《しば》りがあった。

だがこの『短期留学』により希望する者は自由に国外へ出て研究し、その成果をまた母国に持ち帰るという体制を取れるようになったのだ。

また今回の件で、文化的遺産であった古城が破壊《はかい》されたことを受け、リヴ・モナ王家は『知識・技術の提供は原則現地で』という新しい布令《ふれい》を大学に発した。

これまでは『知識を自分たちの国から流出させたくない』という考え方だったのだが、今回のように大国の要人を招き入れて国際問題に発展させたくない。金も気も遣《つか》いたくない。というかもうこれ以上うちの建物壊《こわ》さないで――という本音がそこにはあったとかなかったとか。

ともあれ前述の留学制度と合わせて、リヴ・モナはその叡智《えいち》をより広く、世界中に発信していくようになる。

余談ではあるが――このリヴ・モナの変化には、北の大国ヴェルシアが大きく関与《かんよ》している、という噂が一時期まことしやかに流れた。

最初は『皇妃殿下が治療《ちりょう》を受けていた』という話だけだったのだが、次第《しだい》に『医師の腕が悪く、ガイゼル陛下が怒鳴《どな》り込《こ》みに行った』『教授たちを数人病院送りにした』『怒《いか》りのあまり兵を駆《か》り出《だ》してリヴ・モナの古城を倒壊《とうかい》させた』という、尾《お》ひれどころか足まで生えてきそうな恐《おそ》ろしい風説が広まってしまい――『氷の皇帝』ガイゼルは、また知らぬところで他国からの畏怖《いふ》を集める形となってしまった。

だがここで繋《つな》がった縁《えん》は、きっと近い将来ヴェルシアとリヴ・モナ、両方の国を更《さら》に豊かにしていくだろう――とツィツィーは万感《ばんかん》の思いに浸《ひた》った。


（そ、それにしても……二人の時間……。い、いったい何をすれば……）

顔を真っ赤にしながら自室に戻ったツィツィーは、リジーにドレスを脱ぐのを手伝ってもらったあと、いつも以上に丁寧《ていねい》に湯あみを終えた。艶々《つやつや》と輝く絹布《けんぷ》のナイトドレスに身を包むと、緊張《きんちょう》した面持《おもも》ちでガイゼルの部屋へと向かう。

「――来たか。まあ座れ」

中央のソファに腰を下ろすと、ガイゼルも隣《とな》り合《あ》うようにして座った。

しばし無言の時間が続き、ガイゼルが先に口を開く。

「久々の公務だったが、体調はどうだ」

「大丈夫です。ガイゼル様こそ、お忙《いそが》しいのに良かったのですか？」

「今日はお前の生誕を祝うことこそが、俺のいちばんの仕事だ」

ガイゼルは、どこか嬉しそうに微笑んで言った。

「そういえば、リーリヤが少し前にリヴ・モナの病院を退院したらしい」

うだ」

「担当した医師たちの言《げん》では『信じられない』と。実際、心臓には何の外傷もなかったそ
「リーリヤさんが？」

ツィツィーの脳裏《のうり》に半年前の戦いが思い出される。

吟遊詩人《ぎんゆうしじん》リーリヤは、自身も知らぬ間にその身をクレーヴェルに奪《うば》われていた。

戦いの最後は魂ごと短剣《たんけん》で胸を貫《つらぬ》かれた――と伝え聞いている。

「奴《やつ》を倒す直前、全身に不思議な力が宿ったのを感じた。おそらく精霊王《せいれいおう》――アドニスが外側の体には傷をつけないよう、手を貸してくれたのだろう」

「だから人間のリーリヤさんは、亡《な》くならずにすんだのですね……」

病室で意識を取り戻したリーリヤは「いつの間に牢屋《ろうや》からベッドに⁉」とパニックになっていたそうだ。

だがここまで運ばれてきた経緯《けいい》を知らされ、途切《とぎ》れ途切れになっていた過去を慎重《しんちょう》にすり合わせているうちに、『リグレット』の容疑者となっていた軍医のこともはっきりと思い出したという。

「ずっと特定出来ていなかった『リグレット』の自生地も、リヴ・モナの荒城奥《こうじょうおく》で発見された。普段《ふだん》は目くらましの術をかけておき、必要に応じて金に換えていたんだろう。ベルナルドに譲ったのは、今のラシーに住んでいる人間を支配――あるいは排除《はいじょ》するつもり

だったのではないか、と俺は考えている」

ラシーはもともと精霊王が統治した土地。

クレーヴェルはリステラリアの魂の復活に合わせて、ラシーからすべての人間を追い出し、彼女と二人で新しい『精霊の国』を作ろうとしたのではないか。

「まあベルナルドの強欲《ごうよく》さと相まって、ラシーどころか南方の国々があらかた従属《じゅうぞく》されかけていたがな。場合によっては、そのままベルナルドの体を奪い、ラシーの君主に納まろう――と考えていたのかもしれん」

（もしもガイゼル様が精霊王の血筋ではなく、戦いの時体を乗っ取られていたら――ヴェルシアがそうなっていた可能性も……？）

クレーヴェルの口ぶりを思い出し、ツィツィーは不安そうにガイゼルを見つめる。

すると彼はその胸元から、真珠色《しんじゅいろ》の小さな箱を取り出した。

「まあいい。本題はこっちだ」

「本題？」

ひょいと手のひらに握らされ、ツィツィーは小首を傾《かし》げる。

「開けてみろ」

言われるままに蓋《ふた》を開ける。

中にはベルベットの布地に包まれるようにして二対《つい》の銀の指輪が輝いていた。一つはツイツィーの指に合わせたサイズ。もう一つはそれよりも少し内径が大きい。

ツィツィーが目をしばたたかせていると、ガイゼルが口を開いた。

「俺からの誕生祝いだ」

「あ、ありがとうございます！　ですが二つも……？」

「一つは俺のだ」

そう言うとガイゼルは、箱から小さいほうのリングを取り出した。

ツィツィーの左手を取ると、精霊たちが眠《ねむ》る指輪の上に添《そ》えるように、銀のシンプルな円環《えんかん》を下ろしていく。

「本当は、もっと別の品も考えていたんだがな」

「別の品、ですか？」

「ああ。だがお前は華美なものを嫌《きら》うだろう？　それならば……共に身に着けられるものがいいと思ったんだ」

やがてツィツィーの薬指に二連の指輪が収まった。

その輝きを前にして、ガイゼルは申し訳なさそうに俯《うつむ》く。

「実はその……お前がくれた護符《タリスマン》があっただろう？　悪いがリヴ・モナで、中の宝石を割ってしまったんだ」

「そんな、気にしないでください。ガイゼル様がご無事だったのであれば、それ以上に嬉しいことなんてありませんから」

「本当にすまない。だが幸い、回りに施《ほどこ》していた銀細工の一部は残っていた。だからその欠片《かけら》を溶《と》かし込《こ》んで、この指輪を作らせたんだ」

ガイゼルはツィツィーの細い指先を、そっと握りしめる。

「あの時俺は、お前が蘇《よみがえ》るのであれば自分の命など要らないと思っていた。だがそれは……間違っていた」

「ガイゼル様……」

「だからこれは誓《ちか》いだ。どちらかだけではない。互《たが》いの無事を祈《いの》るための」

やがてガイゼルは、自らの左手をツィツィーの前に差し出した。

箱に残っていたもう一つのリングをそっとつまみ上げ、ツィツィーはおずおずと彼の手を取る。男性らしい長い指の根元にしなやかな銀白《ぎんぱく》の色が宿った。

ツィツィーはそのまま、自身の左手を彼の手の隣へとくっつける。

「お揃い、ですね」

「ああ」

大きな宝石も、真珠もついていないシルバーの指輪。

だが自室に山と積まれていたどの贈り物より嬉しくて、ツィツィーは軽く手を開いたまま、互いの指で光るそれに目を輝かせた。やがてガイゼルの手がゆっくりと動き、ツィッ

ィーの小さな手を掴《つか》んで自身の胸元へと手繰《たぐ》り寄《よ》せる。

「もう二度と、お前をあんな危険な目に遭《あ》わせたりはしない」

「……はい」

「『──私の心はあなたを守り、私の腕はあなたの盾《たて》となるだろう』……」

結婚式《けっこんしき》の誓いの言葉が、ガイゼルの口から紡《つむ》がれる。

「ガイゼル様……」

「ツィツィー。本当に、無事で良かった……」

ため息のようなガイゼルの言葉のあと、自然と二人の距離《きょり》が近づいた。

彼の太い腕がツィツィーの体を抱き寄せ、唇《くちびる》を深く重ね合わせる。久しぶりに味わう甘い空気に、ツィツィーはうっとりと彼に身を任せた。やがて名残《なごり》を惜《お》しむようにガイゼルが体を起こし、はあとため息をつく。

「……まったく、お前が俺の代わりに瓦礫《がれき》の下敷《したじ》きになった時は、本当に心臓が止まるかと思ったな」

「す、すみません……。ガイゼル様をお助けしないとと、夢中で」

「そういえば、どうしてあの時リーリヤ──いや中身はクレーヴェルだが……の動きが読めたんだ？」

「え⁉　それは、その……」

一瞬《いっしゅん》口ごもったツィツィーだったが、すぐにはっと目を見張る。

（そういえば、もう隠《かく》す必要はないのでした……）

封印を解き、能力が暴走していた頃、ツィツィーはガイゼルに自身の力を告白した。体調を気遣《きづか》ってか、ガイゼルはそれ以降詳《くわ》しく尋《たず》ねてこなかったが――落ち着いた今であれば、ゆっくりと本当のことを伝えられる。

「……実は、クレーヴェルさんの『心の声』を聞いたんです。以前、ラシーでリーリヤさんに試《ため》した時は全然だめだったんですけど、あの時はリステラリア様の力があったせいか、すごくしっかりと『受心《じゅしん》』出来て――」

当時の白熱を思い出し、ツィツィーはしみじみと述懐《じゅっかい》する。

だがガイゼルはツィツィーの方を見据《みす》えたまま、何故《なぜ》か言葉を失っていた。

「でもまさかあの力が、精霊のお妃様《きさき》の魂ゆえのことだったなんて……あの、ガイゼル様？」

「……『心の声』を、読んだ……だと？」

まさかの返事に、ツィツィーは「えっ」と目を見張る。

「い、以前お伝えしましたよね⁉　人の『心の声』が聞こえると……」

「それは聞いた。が、その……『誰』が発したもの――というのも分かるのか？」

「え？」

なにやら会話の雲行《くもゆ》きが怪《あや》しくなり、ツィツィーは一人冷《ひ》や汗《あせ》をかく。

一方ガイゼルは片手を額に当てて、真剣《しんけん》に記憶《きおく》をたどり始めた。

「あ、あの、ガイゼル様……」

「そういえば……」

体調を壊したツィツィーが涙《なみだ》ながらに打ち明けたことや、リステラリアに指摘《してき》されたことを、ガイゼルは今更《いまさら》思い出したのだろう。

やがて「ちょっと待ってくれ」と片手を上げた。

「お前が持っている『力』というのは、嘘《うそ》をついている人間やいなくなった人間を捜《さが》す『探知能力』に近いものではないのか？」

「い、いえ……。確かにそういう使い方も出来ましたが……」

「俺はてっきり、民衆の心の声がざわめきのように聞こえるとか、個人を特定するものではないが、その居場所を把握《はあく》できるといった能力かと……。それにお前が秘匿《ひとく》したいようだったから、深く追及《ついきゅう》するつもりはなかったんだが――」

（あ、あわわわ……）

ガイゼルと自分の認識《にんしき》にどうやら大きなずれがあったらしいと気づいたものの、ここまで話したのだからすべてをちゃんと伝えようと、ツィツィーは『能力』に助けられたこれまでの事件を挙げた。

イシリスの雪山で遭難《そうなん》したアンリを捜し当てたこと。

王佐ルクセンが奸臣《かんしん》であると見抜《みぬ》いた場面。

森の長《おさ》と称《しょう》される巨大鹿《きょだいじか》の真意を汲み取った時。

ラシーの塔《とう》の上から、囚《とら》われた姉の行方《ゆくえ》を捜し出したのも――

「すべて『心の声』で判断していたと……」

「は、はい……」

「……その要所要所で、俺の手を取ったり、その……抱きつかれたりしたことがあったが、それも、その能力を生かすために必要なことだったと？」

「す、すみません。ガイゼル様の体を通すと、普段より鮮明《せんめい》に聞こえたので……」

これまでのあれそれを思い出し、ガイゼルはついに両手で頭を抱《かか》えた。

だがすぐに「はっ」と顔を跳《は》ね上《あ》げると、ツィツィーに向かって真剣に尋ねる。

「――俺の声は」

「え？」

「俺の『心の声』だ。もしかして――聞こえていたのか？」

核心《かくしん》を突く質問に、ツィツィーはいよいよ「どうしよう」と心の中で動揺《どうよう》した。

（ガイゼル様はただの『探知能力』だと勘違《かんちが》いしておられたのに、どうして私はわざわざ明言してしまったのでしょうか……!?　とはいえ私がずっと秘密にしていたので、誤解されても仕方がないのですが、ええと……）

ごまかしてしまおうか――というずるい考えが、一瞬ツィツィーの脳裏をよぎる。

だがすぐに心の中で首を振った。

（いいえ、それはだめです）

そもそも本当は、もっと早くに伝えるべきだった。

でも嫌われるのが怖《こわ》くて。一緒にいられなくなるのが嫌《いや》で。

自分に勇気がないせいで、こんな遠回りをしてしまっただけなのだ。

（もうガイゼル様に、隠《かく》しごとはしたくない――）

覚悟を決めたツィツィーは、彼の目を見つめてはっきりと告げた。

「はい。……とても」

「……とても？」

「なんというか、その、他の方よりも……『だだ漏《も》れ』でした……」

ぽかんとした顔つきでこちらを見つめていたガイゼルの首筋が、じわじわと赤く染まっていく。ウタカの熱砂《ねっさ》に放り出された水銀計のように、彼の顔が下から上にみるみる色づいていくのを見て、ツィツィーは慌ててフォローを入れた。

「で、ですがそれはおそらく、ガイゼル様が精霊王の血筋であったことが関係しておりまして！　それに今は！　もう！　リステラリア様の魂が私の中から移動したので、全然！

まったく！　これっぽっちも聞こえてこないのです!!」

　だがそんな必死の弁明も、ガイゼルの耳には右から左に通《とお》り抜《ぬ》けていく。

「だだ、漏れ……」

「……」

「それは朝起きてから夜寝《ね》るまで、一緒にいる間、ずっと聞こえていたということか？」

「は、はい……」

「ウタカやイシリスにいた時も、ルカの邸《やしき》に殴《なぐ》り込んだ時も、グレンの前でも、ラシーに行く船の中も……？」

「おっしゃる通りです……」

「では……俺がお前のことを、その――色々と、形容していたことに関しても？」

　いよいよ恥《は》ずかしくなり、ツィツィーは頬を赤くしたままこくりと頷《うなず》いた。

　長い沈黙《ちんもく》が流れ、ガイゼルはやがてゆっくりと立ち上がる。

「……少し、席を、外す……」

「ガ、ガイゼル様!?」

「悪い、ちょっと、考えたい……」

　引きとめる間もなく、ガイゼルはばたんと扉《とびら》を閉めて出て行ってしまった。

　それを見たツィツィーは、先ほど以上に「どうしよう」と青ざめる。

(や、やっぱり、言ってはいけなかったのでしょうか……)

よく考えてみれば「心の声がすべて聞こえてました！」と言われたら、ツィツィーだって羞恥《しゅうち》でどうにかなってしまいそうだ。しかも相手がガイゼルだったとしたら——

(もしかして、このまま、離婚《りこん》……!?)

これまでであれば『心の声』で怒《おこ》っているのか、恥ずかしがっているだけなのか判断出来た。だが能力が失われた今、それを確かめることは難しい。

結果ツィツィーは絶望したまま、涙を必死に堪《こら》えることしか出来なかった。


それから一週間、王宮の全機能が停止した。

理由はガイゼルが原因不明の「風邪《かぜ》」をひいたことで、ありとあらゆる決裁《けっさい》、承認《しょうにん》、会議、新規案件が進まなくなったからである。

かのディルフ先帝《せんてい》が崩御《ほうぎょ》した時の大混乱を思い出させるような騒動に、王佐補《おうさほ》ランディは「今度こそ実家に帰る」と荷造りを始め、文官たちが「どうかそれだけは」と泣いてすがった。ヴァンもまた「あの陛下に勝てる風邪があったなんて……」と恐ろしい夏感冒《なつかんぼう》の流行を予感したという。

一方、その『原因』を知るツィツィーは、何とかして謝りたいと何度も彼の寝室《しんしつ》を訪れた。だが世話役の従者から「風邪をうつすといけませんので、皇妃殿下といえどもご面会は……」と毎度丁重《ていちょう》に断られる始末だ。

（うう、どうしましょう、私のせいで大変なことに……）

その日も結局ガイゼルと会うことは叶《かな》わず、ツィツィーは夕食をとったあと、自室でリジーに寝る支度《したく》を手伝ってもらっていた。

鏡台の前ではあとため息を零すと、リジーが「大丈夫ですよ」と口にする。

「陛下でしたら、きっとすぐ良くなられます」

「そ、そうですよね……」

すると会話を終えた直後、隣室《りんしつ》からバァンと大きすぎる扉の開閉音が聞こえてきた。あまりの物音にツィツィーとリジーは揃って飛び上がり、次いで寝室に踏《ふ》み込《こ》んで来た訪問者の正体に目をしばたたかせる。

「へ、陛下⁉　もうお体は――」

「悪いが、二人で話をしたい」

は、はいっ！　とリジーは脱兎《だっと》の勢《いきお》いで部屋をあとにした。

一人取り残されたツィツィーはガイゼルの顔が見られて嬉しい反面、鬼気迫《ききせま》る表情の彼に恐怖《きょうふ》すら覚える。

（お、怒って、おられます……！）

よほど急いで駆《か》けつけたのだろう。あのガイゼルがはあ、はあと肩《かた》で息をしていた。

ツィツィーは慌てて彼の元に行くと、誠心誠意《せいしんせいい》頭を下げる。

「あの、本当にすみませんでした！　私がもっと早くにお伝えしていれば、こんな……ガイゼル様に不快な思いをさせることも――」

「……」

ガイゼルはじっとツィツィーを見下ろしたまま、ようやく口を開いた。

「……本当に、もう聞こえないんだな」

「え？」

「いや……。悪い。怯《おび》えさせるつもりはなかった」

「ガイゼル様……」

「少し、話をしてもいいか」

そう言うとガイゼルは、ツィツィーのベッドの端《はし》に腰を下ろした。

その隣にツィツィーがちょこんと座ると、ガイゼルは改まって大きく息を吐き出す。

「ずっと考えていた。人の心が聞こえるということが、どういうことか」

「……」

「戦場であれば敵の裏をかける。政《まつりごと》であれば逆心《ぎゃくしん》を抱く臣下を排除《はいじょ》できる。それだけ見れば便利な力ではあるが――信じていた人間に裏切りの言葉を吐かれることも、耳にしなくてもよい悪言《あくげん》を聞かざるを得なかったこともあるだろう。……お前はずっと、そんな世界にいたんだな」

そう言うとガイゼルは、優しくツィツィーの体を抱き寄せた。

たくましい胸板《むないた》に頰を寄せていると、彼がその髪《かみ》を優しく撫でてくれる。

「――よく、頑張《がんば》ったな」

「ガイゼル様……」

「もう大丈夫だ。……もっと早くに助けてやれなくて、悪かった」

その言葉に、ツィツィーの胸を縛《しば》りつけていた最後の錠《じょう》が外れた。

同時にぽろぽろと、いっぱいの涙が零れ落ちる。

「そんな……私の、方こそ……ずっと、言えなくて……」

「俺が同じ能力を持っていたとしたら、おそらく一生誰にも打ち明けることは出来なかっただろう。でもお前は俺にちゃんと話してくれた。勇気を出してくれて……ありがとう」

罪悪感と嬉しさと、申し訳なさと愛《いと》おしさが混ぜこぜになり、ツィツィーはいよいよ言葉を失ったまま彼の胸で泣いた。

（ずっと――嫌な力だと、思っていました……）

母親に塔《とう》へと追いやられた時。

周囲の大人たちから蔑《さげす》まれた時。

お披露目式でいわれのない中傷を受けた時。

その度《たび》に、諦《あきら》めと深い悲しみだけがツィツィーの心に残った。

(でも、けしてそれだけではなかった……)

ニーナやリジーといった優しい人を、迷いなく信じられた時。

いなくなったアンリやリナを無事に助け出せた時。

気持ちを押し殺していたエレナを励《はげ》ました時。

なにより——ガイゼルから、たくさん愛されているのだと知った時。

(あの力がなければ、私はきっと何も分からなかった。だから——)

『心の声』に傷ついていた自分。

『心の声』に助けられた自分。

懸命《けんめい》に闘ってきたその姿が、ツィツィーの中でようやく一つになる。

(私……ガイゼル様に会えて、本当に良かった……)

ひとしきり涙を流したあと、ツィツィーは真っ赤になった目を彼に向ける。

「あ、あの……」

「どうした?」

「怒っては、いないのですか?」

「驚《おどろ》きはしたが、怒るつもりはない」

「でしたらどうして、その、長く閉じこもっておられたのかと……」

もっともなツィツィーの問いに、ガイゼルは途端《とたん》に「うっ」と顔をしかめた。

「……悪い風邪にかかってな。お前にうつしては悪いと」

「でも、前の日の夜まであんなにお元気でしたのに」

「それは……」

これ以上の言《い》い逃《のが》れは不可能だと判断したのか、ガイゼルは渋々《しぶしぶ》口を開く。

「怒っていたわけではない。ただその……思い、出していた」

「思い出していた？」

「俺が、お前に対して、どのようなことを、かつ、考えていたかを……」

ガイゼルの顔が徐々《じょじょ》に赤く変化する。

それを見たツィツィーもまた、じわじわと自分の頬が熱くなるのを感じていた。

「ガ、ガイゼル様は、そんな、変なことは一度も」

「いい。余計な気遣《きづか》いは不要だ。……どうせ『女神』やら『天使』やらうるさかったというんだろう」

「はうっ！」

ピンポイントで列挙《れっきょ》され、何故かツィツィーの方がダメージを受ける。

一度口にしてしまえばあとは一緒となったのか、ガイゼルはなかば魂を飛ばしたような眼差《まなざ》しで、つらつらと己《おのれ》の恥ずかしすぎる美辞麗句《びじれいく》を指折り数えた。

「『可愛《かわい》すぎる姿を網膜《もうまく》に焼きつけたい』『月の女王が目の前に下りて来た』『眠《ねむ》り姫《ひめ》の王子とはこんな気持ちだったのか』……挙げたらきりがないな」

「も、もう、やめてください……！」

ぶるぶると首を振るツィツィーに対し、ガイゼルはどこか遠くを見つめていた。

「正直、とてもお前には聞かせられないようなことも考えたことがある」

「……！」

「……まあ、それも伝わっているか。羞恥で心臓が止まるなら、確実に百万回は止まっている自信があった」

「ガ、ガイゼル様……」

だが、とガイゼルは口角を上げた。

「考えてみれば、お前は俺がどれだけ冷たく接しても、決して俺の元を離《はな》れようとはしなかった。それは俺の『心の声』が、お前に聞こえていたからなんだろう？」

「は、はい……」

「であれば、逆に『奇跡だ』と思ったんだ」

疑問符《ぎもんふ》を浮《う》かべるツィツィーの肩に、ガイゼルは自らの額を押し当てる。

「お前にその力がなければ、きっと俺はお前とこうしていられなかった」

「そ、そんなこと……」

「俺はこんな性格だからな。表面しか見えなければ、お前に愛想《あいそ》を尽《つ》かされてもおかしくなかっただろう。素直に気持ちを打ち明けられていたかどうかも分からない。だから——俺の嘘偽《うそいつわ》りのない『本心』が届いていたと知って、本当に良かったと……改めてそう思ったんだ」

それに、とガイゼルがかすかに笑う。

「俺は一度、全部お前に伝えたからな」

「伝えた……？」

「お前に死が迫《せま》った時。あの時俺は今まで思っていたことを、すべて包《つつ》み隠《かく》さずお前に話した。溢《あふ》れ出《だ》しそうな愛《いと》しさも、嫉妬《しっと》したことも、軽蔑《けいべつ》されそうなことも」

「ガイゼル様……」

「だからもう聞こえていても、いなくても——同じことだ」

ようやく頭を上げたガイゼルは、ツィツィーの頬に手を滑《すべ》らせた。

ツィツィーもまたそれを合図に顔を傾《かたむ》け、二人は口づけを交《か》わす。ちゅ、ちゅ、と何度か顔の角度を変えてガイゼルについばまれ、ツィツィーは懸命に息を継《つ》いだ。

やがてキスから解放されたところで、ガイゼルがツィツィーの手を取り自身の胸元へと導く。

「俺が今、何を考えているか分かるか？」

「い、いえ……」

「愛している、と——」

直球な愛情表現に、ツィツィーは思わず頬を赤らめる。

だがガイゼルはなおも手を離すことなく、ツィツィーへと伝えた。

「前にも言ったが、これからはお前への気持ちをすべてきちんと口にする。そうすれば『心の声』が聞こえなくても、お前が不安になることはないだろう？」

「は、はい……」

とくん、とくん、と高まるガイゼルの鼓動《こどう》が指先から伝わってくる。

彼の優しさに泣きそうになりながら、ツィツィーはもう一方の手で眦《まなじり》を拭《ぬぐ》うと、嬉しそうに目を細めた。

「でしたら、私もいっぱい言葉で伝えます」

「……？」

「ガイゼル様……好きです。大好きです——愛しています」

その瞬間《しゅんかん》、ツィツィーは強くガイゼルに抱きしめられた。

たくましい彼の腕の中で目を瞑《つぶ》りながら、その愛おしさを噛みしめる。幼い頃初めて出会ったラシーの塔から、遠く離れた北のヴェルシアへ——ようやくここまでたどり着いたのだ。

（ありがとう……）

どちらからともなく、口づけを求める。

親愛のキスが少しずつ熱を帯びてきて——どさり、とツィツィーはベッドに押し倒された。見上げた先には、夜の照明が映り込んだガイゼルの青紫《あおむらさき》の瞳《ひとみ》。ぎし、と寝台《しんだい》が軋《きし》む音と共にゆっくりと彼の唇が下りてくる。

「ツィツィー……」

「ガイゼル、様……」

「様は、もう、いらない——」

天蓋《てんがい》の奥。白いナイトドレスの裾から、ツィツィーの玉のような肌《はだ》が覗《のぞ》く。

「んっ……ガイ、ゼル……」

大きな手でその太腿《ふともも》を撫でると、彼は額に汗を滲《にじ》ませたまま、堪えていた熱い息をはあっと吐き出した。助けを求めるように宙に伸《の》びていたツィツィーの手を掴むと、露《あら》わになった自身の胸板にぐっと押しつける。

「ツィツィー、俺は……お前と一つになりたい」

『心の声』が聞こえずとも分かる強い思いに、ツィツィーは真っ赤になりながらも、こくりと小さく頷いた。しっとりと汗ばんだ彼の体が被《かぶ》さってきて、ツィツィーはその重たさをこれ以上ない幸福感と共に受けとめる。

「愛している。心から――」

熱を帯びた唇が下りてきて、ツィツィーの言葉を奪った。

ガイゼルの両頬《りょうほお》に己の手を添えながら、彼女もまた懸命に愛に応《こた》える。

そうして二人は――久しぶりに甘い夜を過ごしたのであった。


翌朝。

ツィツィーはガイゼルの腕の中で目を覚ました。

（私、あのまま寝てしまって……）

およそ半年ぶりのあれそれを思い出し、ツィツィーはかっと頬に朱《しゅ》を走《はし》らせる。そろそろと顔を上げるが、どうやらガイゼルはまだ深い眠りから抜け出せないようだ。彼を起こさないよう注意しながら、ツィツィーはそうっと自身の左手を持ち上げる。

その薬指には、二つの指輪がきらきらと輝いていた。

（『心の声』はなくなってしまったけど……。でも、もう大丈夫）

すると精霊たちが眠っているはずの宝石が、ちかちかっと強く瞬《またた》いた。

ツィツィーは驚いて表面をなぞったが、特に変化はなさそうだ。

(気のせいでしょうか？　今、光ったような……)

やがてツィツィーの動作に起こされたのだろう。ひどくけだるげな様子で、ガイゼルがゆっくりと瞼《まぶた》を持ち上げた。昨夜の行為《こうい》を思い出したツィツィーは、恥ずかしい気持ちを押し隠しながら小さく挨拶する。

「お、おはようございます、ガイゼル様……」

「ああ……」

小動物のように縮《ちぢ》こまるツィツィーを見て、ガイゼルはふっと余裕《よゆう》の笑みを浮かべた。

そんなガイゼルを前にいよいよ羞恥を滲ませるツィツィーだったが――次の瞬間、お馴《な》染《じ》みの『声』が聞こえてくる。

『あ――っダメだやはり可愛ッ……！　はあっ、いかん……昨日あれだけ愛し合ったというのに、まだ全然気持ちが収まらない……』

(ガ、ガイゼル様の『心の声』!?)

慌てて指輪を確認《かくにん》する。心なしか先ほどより宝石の輝きが増している気がして、ツィツィーはこくりと息を呑《の》んだ。

(もしかして……指輪にリステラリア様の力が移動して……？)

ツィツィーが混乱していると、ガイゼルが「どうした？」と優しく抱きしめてくる。

「そんな可愛い顔をして」

『ああ……本当に天使のようだ……。白銀の髪、空色の瞳、輝くような白い肌──っ、いかん……いい加減この褒《ほ》めたたえてしまう癖《くせ》をどうにかしなければと、一週間かけてようやく猛省《もうせい》したところだというのに、だが……無理だっ……！　愛おしすぎる……!!』

「い、いえ!!　その……」

もう聞こえません、と宣言した翌日から元に戻ってしまうという間の悪さに、ツィツィーは慌てて指輪を外そうとする。

だが上にはまっていた銀の指輪に触れたところで、ガイゼルがむっと眉《まゆ》をひそめた。

「サイズが合わなかったか？」

「と、とんでもない！　ぴったりです！」

「ならば良かった。俺も肌身離《はだみはな》さずつけておく、お前もそうしておいてくれ」

『宝飾品の類《たぐい》に興味はなかったが……ツィツィーと同じ指輪、というのは否応《いやおう》なしに気分が高まるものだな……。互いの指に揃いの物があるというだけで、他にはない特別感がある。それに周りの男どもにも「俺のものだ」と言外に見せつけることが出来るしな。なにより──』

（ど、どうしたら……！）

外すことも出来ず、ツィツィーはおろおろと視線を泳がせる。

するとガイゼルがゆっくりと半身を起こし、ツィツィーの顔を覗き込んだ。

『氷の皇帝』らしからぬ穏《おだ》やかな笑みで、これまでにないほど甘く告げる。

「『ツィツィー、……愛している』」

（ふ、二つの声が、重なって……）

「『このまま一日、二人だけで過ごしていたい――』」

（た、多重音声に……!!）

気持ちをきちんと口にするという当初の約束通り、ガイゼルはその『本心』を今日もはっきりと言葉にしていた。

その結果、再び聞こえるようになってしまった『心の声』と、現実の声とがぴったりと奇跡的に重なり合い――ツィツィーはいよいよ目が回りそうになってくる。

（た、確かにこれなら『心の声』が聞こえても関係ないですが、でもっ……!?）

また聞こえるようになったとガイゼルに伝えるべきか。

だがそんなことをしたら、もう一度王宮が停止してしまう――とツィツィーが頭を悩ませていると、扉の向こうからコンコンという控《ひか》えめなノックの音と、申し訳なさそうなリジーの声が聞こえてくる。

「陛下、あの、ランディ様が……『これ以上仮病《けびょう》を使うようなら、今すぐフォスター公《こう》爵《しゃく》を帝都《ていと》に呼びつけるがどうする？』と伝えよと……」

「……」

まさかの腹心《ふくしん》の反逆に、ガイゼルの眉間《みけん》にみるみる皺《しわ》が寄った。

「『ランディ……貴様……』」

（もう完全に、本音と言葉がシンクロしています……）

さすがに養父を呼び出されてはたまらないと、ガイゼルは不本意を全開にしたまま起き上がった。ベッドの端に腰を下ろした彼に続き、ツィツィーも隣に座り込む。

するとガイゼルはツィツィーを抱き寄せその耳元で囁いた。

「『仕事が片付き次第、こちらに戻る。今夜は――俺の部屋に来い』」

「は、はいっ……！」

「『じゃあな、俺の愛しい天使』」

そう言うとガイゼルは最後にツィツィーの前髪《まえがみ》を持ち上げ、軽く唇で額に触れた。

皇帝の顔になって立ち去った彼を見送ったあと、ツィツィーは一拍遅れて《いっぱくおく》ぼんっと今までいちばんの恥ずかしさを爆発《ばくはつ》させる。

（ど、どうしましょう⁉　も、もちろん言うべきですよね⁉　でも、もしまた国事が一週間、いえそれ以上滞《とどこお》るようなことになったら――）

助けを求めるように、ツィツィーは改めて指輪を見つめる。

宝石はただきらきらと輝いており、ツィツィーはしばし困った顔で見つめていた。だがその中でリステラリアとアドニスが幸せそうに眠っている姿を思《おも》い描《えが》き、微笑みながら二つの指輪を撫でる。

(ガイゼル様の心の声は……やっぱり今日も「だだ漏れ」です)

窓の外には雲一つない青空と美しい新緑。

こうしてツィツィーはヴェルシアで——三度目の春を迎えたのだった。

(了)

陛下、心の声がだだ漏れです！ 4

特別
書き下ろし短編

ランディ・ゲーテは決断する

僕の名前はランディ・ゲーテ。

北の大国ヴェルシアで、王佐補《おうさほ》として働いている。

先日、ラシーへ新婚旅行《しんこんりょこう》に赴《おもむ》いた皇帝陛下《こうていへいか》から「二日以内に支援物資《しえんぶっし》を送れ」という無理難題を吹《ふ》っかけられ、ヴェルシア怖《こわ》い顔ツートップの二人を相手に、死をも覚悟《かくご》した交渉《こうしょう》を余儀《よぎ》なくされた。

おまけに訳の分からない見合いで知り合ったユリア・フレンダルとは、何故《なぜ》かいまだに本を通じた交流が続いており——念願のラシーでの隠居生活《いんきょせいかつ》が、一足飛《いっそくと》びに遠のいているような気がする。

当然『見ると（美しすぎて）倒《たお》れる』という顔も、変わらず仮面で隠《かく》したままだ。

その日僕は、仕事帰りに帝都《ていと》の書店で本を吟味《ぎんみ》していた。

自分のものではない。次の手紙で一緒《いっしょ》にユリアへ送るためだ。

（これはちょっと難しいか？　しかし……）

手元にあるのはイスタ教授の書いた初級経済学の本と、海向こうの大陸に伝わる【妖《よう》怪《かい》】という存在の民話集。僕は二冊を交互《こうご》に眺《なが》めたあと、経済学の本を棚《たな》に戻《もど》した。多分あの子は外国の話の方が好きだろう。

会計をすませ外に出る。

まだ三時だというのにすっかり日は落ち、灰色の空から雪がちらつき始めていた。僕は白い息をはあっと吐《は》き出《だ》したあと、真《ま》っ直《す》ぐに自宅へと向かう。

（七日も休みがあるのか……何をするかな）

王宮に勤めるようになって、初めて与《あた》えられた一週間もの長期休暇《ちょうききゅうか》。

少し前にラシーから戻って来たガイゼル陛下が「全員しばらく休養しろ」と言い出したことから、王宮の文官たちは交代制で休みを取ることになった。

最初は「天変地異《てんぺんちい》の前触《まえぶ》れか」と怯《おび》えていた臣下たちだったが、勅命《ちょくめい》ということもあり恐々《きょうきょう》と、だが最終的にはうきうきと王宮をあとにする。

その間しばらく「ガイゼル陛下がお優《やさ》しくなった！」と感激する声がそこかしこで上がっていたが——僕にはその理由が手に取るように分かっていた。

（あいつ、早く本邸《ほんてい》に帰りたいだけだろ……）

ラシーに送り届けた大量の物資。相当苦労して揃《そろ》えたが、おかげで多くのラシー国民の命が救われたと聞き、無駄《むだ》ではなかったと安堵《あんど》した。

その一方、旅行から帰って来た皇帝夫妻は出立前以上に仲睦《なかむつ》まじくなっており——おまけに帰国の翌日から、ガイゼル陛下の頰《ほお》が緩《ゆる》みっぱなしだったのを僕は見逃《みのが》していない。

（まあ今までがずっと働《はたら》き詰《づ》めだったから、ちょうどいい機会か）

カリスマ的存在だった先帝《せんてい》・ディルフが崩御《ほうぎょ》してから、たった一人で戦ってきたガイゼル陛下。人を寄せつけないその風貌《ふうぼう》や言動、公務に対して厳しすぎる姿勢が不信を買い、なかなか臣下たちと打ち解ける機会がなかった。

おまけにいつもひとりで仕事を抱《かか》え込《こ》んでしまう悪癖《あくへき》があり——まあ僕が持ち込むこともあるが——とかく、仕事中毒《ワーカホリック》なところがあったのだ。

（何を言っても聞きはしないし……。だがまあ、これで少しは落ち着くかな）

上があまりに仕事熱心だと、下で働く自分たちはその倍振《ふ》り回《まわ》される。

そのことにようやく気づいたかと、僕はうんうんと頷《うなず》いた。

自宅に到着《とうちゃく》し、かろうじて蓋《ふた》が閉まっている郵便受けを開ける。

中から大量の手紙がなだれ落ち、僕は両手でその紙束を受け止めた。そのまま自室まで運ぶと、テーブルの上にどさっと投げ出す。

（なんか……めちゃくちゃ来てるな……）

実家からの「またお見合い、いかがですか？」のお伺《うかが》いと、次兄《じけい》からの「筋トレは大切だぞ！　ちゃんと肉を食えよ！」というおせっかい。

以前見合いをしたお金大好き・ウィンコット侯爵令嬢《こうしゃくれいじょう》からは「起業しました。資産運用はおまかせを」というダイレクトメールが入っており、同じく見合い仲間の筋肉フェチ・レメルドルタ伯爵令嬢《はくしゃくれいじょう》からは「今度帝都で騎士団《きしだん》の槍試合《やりじあい》があるので、名前お借りしました」という事後報告が入っていた。

適当に分類していた僕だったが、最後の一通でふと手を止める。

「ユリア？　まだ返事はしていないはずだけど……」

ユリア・フレンダル伯爵令嬢。

彼女もまた僕が見合いをした相手ではあるが、さすがに年が離れすぎている上、なおかつ僕自身結婚《けっこん》する気が一切《いっさい》ないということで、早々にお別れをする予定だった。

だが帝都で彼女と接するうち、非常に聡明《そうめい》で、特に外国に対して強い関心を持っていることを知った。しかしユリアの家は、女性がそうした教養を持つことに積極的ではなく――結局僕が自腹を切って、彼女が望んだ本を与《あた》えたのだ。

ただ最初は一冊で終わるつもりだったものが、大人顔負けの書評を返してきた彼女に驚《おどろ》いて、もう一冊くらい提供してやるかと思ったのが運の尽《つ》き。彼女の読書力は日に日に上がっていき、つい先日五冊目の感想が便せん五枚分届いた。

止《や》め時《どき》を見失った僕は、結果定期的に本を調達に行くようになったのだが――

(まさか追記か？　最近、僕にも分からない専門用語を使ったりするからな……)
恐《おそ》る恐《おそ》る封蝋《ふうろう》を割る。
幸い分厚《ぶあつ》い論文などではなく、中には便せんが一枚入っているだけだった。
毒気《どっけ》を抜《ぬ》かれた僕は、はあーっと安堵のため息を零《こぼ》しながらそれを開く。

『親愛なるランディ・ゲーテ様
突然《とつぜん》申し訳ありません。
実は、縁談《えんだん》が決まりました。
父から、先様《さきさま》が不安に思うだろうから、異性と文を交《か》わすのは
やめておきなさいと言われ、これが最後のお手紙になります。
今まで、本当に、本当にありがとうございました。
ユリア・フレンダル』

読み終えたあと、僕はしばらく開いた口が塞《ふさ》がらなかった。
あまりに唐突《とうとつ》な終わり方ではないか、とか。
そもそも下心あっての文通ですらないんだが、とか。
ていうかあのクソ親父《おやじ》まだそんな前時代的なこと言ってんのか、とか。

それにユリアを――あの子を巻き込むのはどう考えたって間違《まちが》ってんだろ、とか。

（うああ～～～!!）

語彙《ごい》を失った僕は乱暴に髪《かみ》をかきむしると、やがてはあはあと肩《かた》で息をしながら、ずれた仮面の位置を正した。というか邪魔《じゃま》になったので外した。

「この僕を舐《な》めるとはいい度胸だ……」

改めてユリアの文字を見る。

子どもながらに流麗《りゅうれい》で、のびやかな字のどこかに相手方の情報がないかをじっくりと読み込んだ。だがやはり書かれている以上の内容はなく――僕はいよいよ笑いが込《こ》み上《あ》げてきて「ふっ」と鼻で笑う。多分目は据《す》わっていた。

「いいだろう。このランディ・ゲーテの本気を見せてやるよ……」

三日後、僕の手元にはユリア・フレンダルの婚約《こんやく》（予定）者の身上調書があった。

名前はエルヴィン・トマス侯爵《こうしゃく》。

ヴェルシアの東側に位置するトマス領を統治しており、面積は小さいが領地から産出される希少な鉱石が高値で取引されるため、侯爵家の中でも非常に裕福《ゆうふく》な家柄《いえがら》である。

容姿は普通《ふつう》。身長は低め。肉好きの傾向《けいこう》があるため少々標準体重をオーバーしているが、今の時代それくらいはお大尽《だいじん》の証《あかし》と捉《とら》える向きもある。

ただし——年齢《ねんれい》は五十歳。
三度の離婚《りこん》を経験し、現在独身。
（僕の次に狙《ねら》う相手がこれかよ‼）
もう少し段階を踏《ふ》め、と書類を破りたくなる気持ちを堪《こら》え、僕ははあと額を押さえた。

陛下から直々《じきじき》に王佐補へと登用された優秀《ゆうしゅう》な僕にとって、この程度の情報収集はまさに朝食前どころか寝起《ねお》きに飲む水以下の容易《たやす》さだった。

ラヴァハートの威光《いこう》をここぞとばかりに使おうと、跡継《あとつ》ぎの長兄《ちょうけい》に頭を下げ、暇《ひま》を持て余している父親を使って方々に手紙を書かせた。次兄《じけい》・ヴォンドには鳥のささ身の燻製《くんせい》を送って騎士団からの情報を貰《もら》い、王宮内で使える人脈もすべて駆使《くし》して子細を集めさせたのだ。

面倒くさがらず、普段からもっと社交の場に出ていれば、実物も拝めたのだろうが。
（ユリアにふさわしい男ならば、と思って調べてみたが……。出てくるのは本当にろくでもない情報ばかりじゃないか……）

年頃《としごろ》も近く、家柄の釣《つ》り合《あ》いが取れ、すぐに結婚というわけではない——そんな相手であれば僕も喜んで祝福し、出来るのであればこっそりと「彼女に好きなように勉強させてほしい」と言《い》い添《そ》える程度の気持ちだった。

だが鳩《はと》と共に日々舞い込んでくる手紙には「前妻とは暴力が原因で離婚」「浮気癖《うわきぐせ》がひどい」「妻を召使《めしつか》いと思っている」「賢《かしこ》い女性を嫌《きら》う」「四度目の結婚を欲《ほっ》して各所に縁談《えんだん》を依頼《いらい》しているが、なかなか結ばれなかった模様」といった『見えてる地雷《じらい》』みたいな報告ばかりが並んでおり――僕はあああっと頭を抱えた。

余談だが、何故か僕の家にはたくさんの伝書鳩《でんしょばと》が居つくようになった。

（どうする……今すぐあの馬鹿親に手紙を書いてやめさせるか？）

善は急げ。僕はすぐさま引き出しを開けて、封筒《ふうとう》と便せんを取り出そうとした。

だがそこではたと思いとどまる。

（……僕はいったい、どの立場から苦言《くげん》を呈《てい》そうとしているんだ？）

彼女の兄弟でも親族でもなければ、利害関係がある家というわけでもない。確かに手紙のやりとりはしているが、色恋《いろこい》の香りなど一切ない、大学の講義を書面に起こしているような堅苦《かたくる》しい内容ばかりだ。

（元・見合い相手というだけの男に、そこまで言う資格があるのか……？）

大体、僕が勝手に情報を集め「あの子にふさわしくない」と喚《わめ》いているだけ。

見方を変えれば裕福な侯爵家に輿入《こしい》れすることが出来、何不自由なく生活させてもらえる好機――と言えなくもないだろう。

（それに……ユリア自身がどう思っているのかも分からないし……）

もしかしたら、ものすごく年上好きかもしれない。

あと結婚と引《ひ》き換《か》えに、いくらでも勉強を許されて、本も読めてという破格《はかく》の条件を提示されているのかもしれない。彼女自身がそれを望んだのであれば、僕からは何も口出し出来ないだろう。

(だがそう都合よくいくか？　だいたいあの親がそう簡単に変わるとは……)

十以上も年の離れた僕との見合いを、その家名だけで強行したような父親だ。

以前しこたま嫌味《いやみ》を叩《たた》き込んでやったことはあるが、それで現状の見合い相手が四十以上のコレである。推《お》して知《し》るべし。

(あ～～分からん!!)

役所の仕事なら、何もしなくても次から次へと対処法が閃《ひらめ》くのに。

僕はしばらく取っ手を握《にぎ》ったまま――結果、乱暴に引き出しを閉めた。

休暇四日目。

ユリアのことには口を出さないと決めた僕は、自室のソファで積読本《つんどくぼん》を消化していた。

いつもであれば「今抱えている案件《あんけん》にどう利用出来るか」とか「新しい規定にこれを取り入れてみよう」とか、脳が勝手にぎゅんぎゅんと回るものなのだが――どういうわけか、内容がいっこうに頭に入ってこない。

「……」

一度読んだ行を三回ほど続けて読み返したり、どこの段落まで読んだか分からなくなったり、挙《あ》げ句《く》書かれている文字が意味不明な記号に見えてきたところで、僕は一旦《いったん》寝転《ねころ》がり、顔の上に伏《ふ》せた本を置いた。

「だめだ……」

誰《だれ》も応じる者のないひとり言を呟《つぶや》いたあと、僕はむくりと上体を起こした。

仕事机の方に目をやると、先日買ったばかりの妖怪の民話集が目に留《と》まる。僕は手元の本を置いて立ち上がると、のろのろとそちらへ向かった。

（結局、無駄になったたな……）

支払いの間、受け取ったユリアの喜ぶ顔が目に浮《う》かんだ。書店からの凍《こご》えそうな帰り道も、この本を抱えて歩いているとなんだかぽかぽかと温《あたた》かい感じがしたものだ。

だが改めて手に取ってみても――今はただの無機質な『本』でしかない。

（せめてこれだけでも……。いや、もう送るなと言われているのに、それは……）

頭の中に霞《かすみ》がかかったかのように、冷静な判断が出来ない。

やはり滅多《めった》にない長期休暇に、精神の方が悲鳴をあげているのだろうか。

（なんだか無性《むしょう》に……仕事がしたいッ……！）

山と積まれた書類をいかに早く片付けるか。陛下が倒れない程度に、いかに効率的に公務を采配《さいはい》するか。王佐補の席で繰《く》り広《ひろ》げられていた戦場のようなやりとりがたまらなく恋《こい》しくなり——僕はようやく自分も『仕事中毒《ワーカホリック》』になっていたのを知った。


休暇五日目。

結局僕は、王宮にある自分の執務室《しつむしつ》へ出仕《しゅっし》していた。

（家に一人でいると、余計なことばかり考えてしまう……）

昨日もあれから何度か読書に挑《いど》んだり、気分転換《きぶんてんかん》に外に食事に行ったり、埃《ほこり》が溜まった部屋の掃除《そうじ》をしたりと奮闘《ふんとう》したのだが、どれも心を晴らすには至らなかった。

かつての怠惰《たいだ》な僕はどこに行ってしまったのだと、がくりと肩を落とす。

（まあ、このもやもやの原因は分かってるんだけど……）

仕事部屋に入ると、交代で出勤していた何人かの文官が「えっ」と頭を上げた。

当然だ。僕には今日を入れてあと三日休みが残っているはずなのだから。

「ランディ様、何か急ぎのご用事で？」

「いえ、家にいてもすることがありませんから」

仮面姿のまま口元だけで微笑《ほほえ》むと、慣れた挙動で机に向かう。

ただいつもであれば「こちらの確認《かくにん》を」「あっちの決裁を」と持ち込まれる仕事が、文官の約半数が休みということもあり、驚くほど少なくしか回ってこなかった。

（くそっ、どうしてこんな時に……）

執務に忙殺《ぼうさつ》されていれば、いらないことで頭を悩《なや》ませる暇もないと思ったのに。

すっかり期待を裏切られた僕だったが、それならそれでやることはある、と別の長期案件を机上《きじょう》に広げた。内容は『世界周航船《せかいしゅうこうせん》』の起工《きこう》に向けてだ。

（マルセル・リーデン。どうしてこんな逸材《いつざい》が今まで眠《ねむ》っていたのか……）

ガイゼル陛下たちはラシーに向かう手段として、急遽《きゅうきょ》アルドレアの海路を利用した。その際港の顔役リーデン商会の息子《むすこ》・マルセルと知り合ったらしく、どういうわけか彼が描《えが》いた船の設計図を送りつけてきたのである。

何故突然、という疑問は書類を繙《ひもと》いた時点で吹《ふ》き飛《と》んだ。

僕はすぐにでもこの技術者を雇《やと》い入《い》れ、新造船計画の担当者にすべきだと陛下に進言した。その結果、ヴェルシアでいちばんのネックとなっていた海運業への光明が見え始めている。

（アルドレアの港湾《こうわん》が使えるようになった今、大型船の運航《うんこう》も可能だ。そうすれば誰もがもっと自由に、海向こうの大陸へと移動出来る——）

大海を渡《わた》ってくる船は、現在もゼロではない。

しかし航海には大変な危険が伴《ともな》うため、今ある中型船程度ではとても旅客輸送《りょかくゆそう》は出来ないとされていた。だが外航海運業《がいこうかいうんぎょう》に即《そく》した大型船が完成し、その安全性が保障されれば、乗客や物品を大量に運ぶことが出来るだろう。

大陸外の諸国との交易ルートの確立。交換留学生《こうかんりゅうがくせい》による知識の共有。書物、音楽、美術工芸、衣服、食品——ありとあらゆる文化が、ヴェルシアから世界に広がっていく。

（そうしたら、いつかユリアも——）

僕はその瞬間《しゅんかん》、ぶんぶんと首を振った。

（それを忘れるために、わざわざ仕事に来たんだろ、僕は！）

はーあと大きなため息をついたあと、僕は苛立《いらだ》ちながらペンを手に取った。

マルセルが寄越《よこ》した図面を前に、丁寧《ていねい》に細部を確認していく。

（耐久性《たいきゅうせい》と動力部はほぼ完ぺきだ。出来れば船室はもう少し広めに、女性一人でも乗船できるようプライバシーに配慮《はいりょ》した造りにして、ああそれなら長期航海に必要なご婦人用の設備が必要か。あとは——）

だがそこで僕は再び「くっ……」と頭を抱えて振《ふ》り仰《あお》いだ。

（だから！　別にユリアが乗る船だと！　言ってないだろうが!!）

明日は大切な朝議があるから早く寝《ね》よう、と思うと寝られないのと同じように。

考えないように意識すればするほど、彼女の顔が頭に浮かんでくる。

（だめだ。今は仕事に集中しろ。この規模の大型船であれば、竣工《しゅんこう》には軽く十年はかかるはずだ。その頃《ころ》にはちょうどユリアも成人を迎《むか》えるはずで——あああっ！）

僕は両手で拳《こぶし》を握って、ばんっと勢いよく机に叩きつけた。

突然の大きな音に驚いたのか、文官たちがぽかんとこちらを見つめている。

「……陛下のところに行ってきます。少し、話したいことがありますので」

「い、いってらっしゃいませ……」

設計図をささっと丸めると、僕は恐々《きょうきょう》と見送る部下たちの視線を背に、一人陛下の執務室へと赴《おもむ》いた。廊下《ろうか》を歩いている間も彼女のことがちらついてしまい、僕はいよいよ自分の女々《めめ》しさに泣きそうになる。

（いい加減にしろ、ランディ・ゲーテ。もう口は出さないと決めただろうが……）

心臓に謎《なぞ》の疼痛《とうつう》を抱えたまま、僕は陛下の執務室をノックする。いつもの無愛想な声が返ってきて、僕もまた平静《へいせい》を装《よそお》って入室した。

だが僕の姿に気づいた途端《とたん》、机に向かっていたガイゼル陛下がむっと眉《まゆ》を寄せる。

「貴様、何故王宮にいる。まだ休暇中《きゅうかちゅう》のはずだろう」

「残していた案件を思い出しまして、それだけ終えようかなと」

「明日で良ければ俺がしておく。それとも急を要するのか」

「ええっと……」

（この人、こういうところは妙《みょう》に勘《かん》がいいんだよな……）

まさか「十以上も年の離れた子の見合いが気になって、休むに休めなくなりました」などと口が裂《さ》けても言えるはずがなく、僕は曖昧《あいまい》に笑《え》みを浮かべながら先ほどの設計図を陛下に差し出した。

「急ぎ……ではありませんが、出来るだけ早く進めた方がいいかと思いまして」

幸い陛下に説明している間は、僕の脳は非常に理知的だった。

さすがに国のトップを前にして「年《とし》の差婚《さこん》はどこまでが許容範囲《きょようはんい》なんだろう」とか「三度の離婚っていったいどうなってるんだ」といったゴシップじみた事柄を思案し続けることは出来ず、表面上はつつがなく造船計画の確認が進んでいく。

そうしてあらかたの陛下の了承《りょうしょう》を貰ったところで、ふと彼が口を開いた。

「ランディ。何かあったのか」

「え」

「注意が散漫《さんまん》だ。話している間も別のことを考えているように感じた」

(ほんっと、嫌《いや》になるくらい勘がいいなあ……)

懸命《けんめい》な努力もむなしく、目の前の陛下にはすべてお見通しだったようだ。

僕ははあと息を零すと、両腕《りょううで》を組んでしばし押し黙った。

「陛下は……皇妃殿下《こうひでんか》が十歳以上年下であっても、結婚を考えられましたか」

「不敬罪で処罰《しょばつ》されたいのか」

「そうではなくてその、それほど年が離れた相手でも、結婚相手としてきちんと見られるのか、という例えです」

もしも――もしも彼女の年上の婚約（予定）者が。

本当に彼女のことを心から愛してくれて、伴侶《はんりょ》として大切にしてくれるなら。

もちろんユリアの感情が最優先だが。それでも。

（それはそれで、ユリアは幸せなのかもしれない……）

不機嫌《ふきげん》そうに眉間《みけん》に縦皺《たてじわ》を寄せていたガイゼル陛下は、やがてわずかに首を傾《かたむ》けると、堂々と言い切った。

「考えるだろうな」

「まじですか」

「もちろん、ツィツィーの気持ち次第《しだい》だ。彼女が嫌だと言えばすぐに身を引く。幼い時分では、大人の俺に好意を持てるかすら分からんだろうからな。だが……単に年齢差があるというだけならば、諦《あきら》める理由にはならん」

「なるほど……」

まあこの愛妻家ならそうだろうな、と僕はしみじみ実感した。

（つまり年がいくつ離れているとかは些末《さまつ》な問題で、本当に大切なのは夫婦《ふうふ》となる二人が互《たが》いをどう思っているかということで――）

うーんうーんと僕は再び頭を抱える。

するとガイゼル陛下が、しゃべるカエルを見るような目で僕に尋《たず》ねた。

「さっきから何の話をしている」

「あ、いえ……知り合いが年の離れた相手と見合いをするというので、それで」

「なんだ。お前自身のことかと思っていたが」

その言葉に、僕はぱちくりと目をしばたたかせた。

(僕の……こと？)

いやそんなはずはない。

僕が確認したのは、あくまでもユリアの婚約者となる男が、不誠実な思いで彼女との縁談を進めてはいない可能性を求めただけで、けして年の差を気にしているのが僕というわけでは――

(いやない、ないぞ⁉　絶対ないから‼　さすがに僕だってあんな年の離れた子相手にそんな――)

だが否定を重ねれば重ねるだけ、先ほどの「年齢差は理由にならない」という陛下の言葉が槍のように僕の核心《かくしん》を突《つ》いてくる。いやほんとに違《ちが》うから。僕は単に、あの子の才能と努力とやる気と、未来を応援《おうえん》してあげたいだけで――

いつの間にか顎《あご》に玉のような汗《あせ》を浮かべ、ぎりぎりと奥歯《おくば》を噛《か》みしめている僕を見かねたのか、ガイゼル陛下が珍《めずら》しく不安そうに口を開いた。

「いや、その、勘違《かんちが》いなら悪かった。だが……迷うのは無駄でしかないぞ」

「無駄、ですか……」

「いくら心の中で心配しても、相手を思っても、伝わるのはお前の行動だけだ。悩んで何もしないくらいなら、どんな結果であっても動いた方がいい」

「陛下……」

以前、王佐ルクセンの姦計《かんけい》に乗せられてラシーに戻った皇妃殿下を、誰からの進言も忠告も聞き入れることなく、単騎《たんき》で迎えに行った男の言葉には並々ならぬ説得力があり、僕は思わずごくりと息を吞《の》んだ。

次回の議会までに新造船の計画書を用意しておくことを約束し、僕は「失礼します」と陛下の執務室をあとにする。仮面を外してびっしょりと噴《ふ》き出《で》た汗を拭《ぬぐ》うと、自分の執務室に戻るべく長い廊下を歩いた。

（伝わるのは、行動だけ……）

そうして王佐補の部屋に戻った僕は、いまだぼんやりとした思考のまま、先ほどの資料をまとめようとした。しかしそれを脇《わき》で見ていた部下の一人が、何故か書類で顔を隠した姿勢で僕に声をかけてくる。

「ランディ様、今日はもう帰られてはいかがですか？」

「え？」

「先ほどもお疲《つか》れの様子でしたし……」

「大丈夫《だいじょうぶ》です。いつもと変わりないですよ」

「ですがその、か、仮面を、着け忘れておられるくらいですから……」

「――仮面」

その言葉に僕はすぐさま顔に手を当てた。

いつもなら、すぐ指先に触《ふ》れる硬質《こうしつ》の隔《へだ》たりが――ない。

(外したまま戻し忘れていた？　この僕が⁉)

慌《あわ》てて顔を上げると、自分の無差別美貌攻撃《びぼうこうげき》に被弾《ひだん》した文官たちが、実に幸せそうな顔で点々と床《ゆか》に転がっていた。今声をかけてきた部下は、おそらくその惨状《さんじょう》を見ていち早く危機を察したに違いない。有能。それにしたってこの抜群《ばつぐん》の破壊力はなんなんだ。

(そうか、最近ずっと隠していたから耐性《たいせい》が……ってどんだけだよ‼)

僕は怪物《かいぶつ》か何かか、と憤慨《ふんがい》しつつも、さすがにこれでは仕事にならない。

倒れた彼らの救護を残った部下に頼《たの》むと、仕方なく早すぎる帰路につくのだった。

王宮を追い出された僕は、自宅がある貴族街へと向かう。

まだ太陽も高いこの時間、大通りは実にたくさんの人々でにぎわっていた。

(いつもより人が多いな……何かあったのか？)

地方から出て来た貴族たちの姿もちらほら見られたが、大して興味もないので僕は普通に素通《すどお》りする。だが飲食店の集まる通りに差《さ》し掛《か》かったところで、僕はがばっと物陰《ものかげ》にしゃがみ込んだ。

（あれは……ユリア⁉）

ついに幻覚《げんかく》まで見るようになったかと思ったがそうではなく、本物のユリア・フレンダルが帝都の街を歩いていた。隣《となり》には父親の姿もあり、以前と変わらぬ元気そうな様子に僕はほっと胸を撫《な》で下《お》ろす。

だがその反対側にいた男を目にした途端、僕の肺は「ひゅっ」と狭《せば》まった。

（エルヴィン・トマス侯爵……）

肖像画《しょうぞうが》で確認したから間違いない。かの婚約（予定）者のエルヴィンが、ユリア親子に同行していたのだ。エルヴィンと父親は和気あいあいと談笑《だんしょう》しながら、やがて三人は帝都でも格式の高さで有名なレストランへと入って行く。

（どうしてここに？　いや、それよりもユリアは大丈夫なのか……？）

居ても立ってもいられなくなり、僕はこっそりと彼らのあとをつけた。

だが店内の様子を窺《うかが》おうにもとても一人で入れる雰囲気《ふんいき》の店ではなく、僕は入り口を横目にうろうろと歩き回る。

（どうする……。すぐに都合のつく知人なんていないぞ。王宮に戻って誰かに協力してもらうか？　だがそんなことをしているうちにまた移動するかも――）

不審《ふしん》な行動を取る僕に向かって、聞き覚えのある声が飛んできた。

「もしかして、ランディ・ゲーテ様？」

「あなたは……レメルドルタ伯爵令嬢……？」

相変わらず少しの風でも倒れそうな華奢《きゃしゃ》な体。

だがその外出着の袖《そで》の下には、立派な上腕二頭筋《じょうわんにとうきん》を隠《かく》し持《も》ったレメルドルタ伯爵令嬢が、きょとんとした顔つきでこちらを見ていた。

「どうしてこちら《帝都》に？」

「今日、騎士団で年に一度の槍試合が催《もよお》されていましたの。あっ、この件ではお名前を貸してくださりありがとうございました！　おかげでほんっとうに素晴《すば》らしい僧帽筋《そうぼうきん》と前鋸《ぜんきょ》筋《きん》を拝むことが出来ましたわ。あっこれ記念の剣飾《けんかざ》りとそうそう念願のディータ様にも」

「失礼」

長くなりそうな彼女の口上を遮《さえぎ》り、僕はその手を取るとささっと店へと直行した。

席を進めてくる給仕《きゅうじ》をよそに、ちらちらと店内の様子を探《さぐ》る。ユリアたちの姿をフロアのいちばん奥で発見すると、衝立《ついたて》を挟《はさ》んだ隣の席へと案内してもらった。

「すみません。何も言わず、食事に付き合ってもらえませんか」

「は、はい。構いませんが……」

物分かりのいい彼女に感謝しつつ、適当なドリンクを頼む。

やがて衝立の向こうからやかましいエルヴィンの笑い声が聞こえてきた。

「いやあ〜実に素晴らしい試合でしたな！　まさに血湧《ちわ》き肉躍《にくおど》るというか」

「はい！　ほら、ユリアも楽しかっただろう？」

「は、はい……」

（いや絶対楽しんでないだろ！）

今すぐ割り込みたい衝動《しょうどう》を抑《おさ》えつつ、僕はぐっとテーブルの端《はし》を摑《つか》んだ。

「しかし本当に可愛《かわい》らしいお嬢《じょう》さんだ。あと十年もすれば立派な淑女《しゅくじょ》になりますな」

「ええ。ユリアは裁縫《さいほう》も料理も得意で、どこに出しても恥《は》ずかしくない自慢《じまん》の娘《むすめ》です」

「うんうん。儂《わし》もその頃には六十だ。身の回りの世話は、やはり美しくて気立ての良《い》い者に任せたいですからな。あっはっは」

（おい……あのジジイ、何様のつもりだ……）

ようやく飲み物が運ばれてきたが、僕は手をつけることなく終始聞き耳を立てる。

やがてエルヴィンがユリアに向けて因果《いんが》を含《ふく》めるように話しかけた。

「いいかユリア。お前は当面儂の傍《そば》にいて、笑っているだけでいい」

「……」

「住むところ、着るもの、食べるもの、すべて儂が最高のものを用意してやる。もちろん実家への援助《えんじょ》も心配しなくていいぞ。お前は何も考えないまま、幸せな日々を送れるんだ。女性としては最高の人生だろう？」

「……」

それを聞いた僕は、無言で立ち上がった。

(伝わるのは、行動だけ――)

次の瞬間、僕は彼我《ひが》を隔てていた衝立を力いっぱい蹴《け》り飛《と》ばしていた。

高級店にふさわしくないけたたましい音が起こり、周囲からどよめきが上がる。

「な、なんだ⁉」

だが僕はそれらに構わず隣に乗り込むと、驚愕《きょうがく》に目を見開くエルヴィンとユリアの父親を仮面越《ご》しにぎろりと睨《にら》みつけた。

そのまま、同じく目を真ん丸にしているユリアの手を摑んで引き立てる。

「行くぞ」

「え⁉　あの、ランディ様……」

「ちょ、ちょっと待て！　ランディってまさか……」

ようやく頭が回り始めたのか、エルヴィンが唾《つば》を飛ばして叫んだ。一方ユリアの父親は放心状態のままだ。騒《さわ》ぎを聞きつけた店員たちがどうされましたかと集まって来て、面倒《めんどう》なことになりそうだと僕は舌打ちする。

「ランディ・ゲーテ。この国の王佐補です」

「その仮面……やはり……。ええい、だが今は関係ない！　おい、こいつが私の妻を誘拐《ゆうかい》しようとしているぞ！」

一見すると状況《じょうきょう》はエルヴィンに味方しており、店員たちは僕を捕獲《ほかく》しようとにじり寄って来た。苛立った僕は勢いのまま、顔についていた仮面を剝《は》ぎ取《と》る。僕の素顔《すがお》を見た店員たちは軒並《のきな》み「うっ」と胸を押さえ、ばたばたと床に倒れ込んだ。怪物上等。

「お、お前たち、何をして……うっ！」

店員たちの体《てい》たらくを叱責《しっせき》していたエルヴィンも、僕の顔を見るなり真っ赤になってくずおれた。僕はユリアの手を引いたまま、さっさと踵《きびす》を返《かえ》す。

だが完全に戦力外認定《にんてい》していたはずのユリアの父親が、大声で僕を制止した。

「そ、その子は、うちの娘です！」

「だからどうした。親だからといって、子どもの人生をまるごと金で売るような下衆《げす》にこいつを任せる気はない」

「逆に、あなたにどんな権利があると……あなたこそ、ユリアの何なんですか⁉」

その問いに、繋《つな》いでいたユリアの手がぎゅっと縮こまった。

僕は長いため息を吐き出したあと、はっきりと口にする。

「僕はこいつの——師匠《ししょう》だ」

上げ、こちらに向かって突進《とっしん》して来る。


「し、師匠……？」

「話は終わりだ。じゃあな」

だがそう言い捨てて立ち去ろうとしたところで、かちゃりという金属音を耳にした。

まさかと思って振り返ると、逆上《ぎゃくじょう》したユリアの父親が落ちていた肉用のナイフを拾い上げ、こちらに向かって突進《とっしん》して来る。


(まずい――)

僕は咄嗟《とっさ》に、ユリアを自身の腕《うで》の中に抱《だ》き寄《よ》せた。そのまま彼女をかばったものの――

いっこうに痛みも生じなければ流血の気配もない。

恐る恐る顔を上げると、無理やり同伴《どうはん》してもらっていたレメルドルタ伯爵令嬢が、ユリアの父親をその手で捻《ひね》り上《あ》げているところだった。

「ランディ様、早く行ってくださいませ！」

「し、しかし……」

「お名前をお貸しいただいたお礼です！」

彼女がぎゅううっと絞《しぼ》り上《あ》げる度《たび》、床に頬をつけた父親が「ひだだだだだ」とこの世の終わりのような悲鳴をあげている。僕は過《か》剰《じょう》防《ぼう》衛《えい》で訴えられないといいなと思いつつ「ありがとうございます！」とユリアを抱きかかえたまま、レストランを去った。

　はあ、はあと息を切らせながら、僕は大聖堂の前でようやく足を止める。

　そこは奇《く》しくもユリアと初めて出会った場所であり、路面に下り立った彼女は焦《あせ》った様子で僕に頭を下げた。

「あの、す、すみません、ランディ様！」

「どうして謝るんだ？」

「それは、その、お、お手紙を勝手に終わらせてしまったこととか……」

　涙目《なみだめ》で俯《うつむ》く彼女を見て、僕はその場にしゃがみ込んだ。

「別に気にしてない。それより、どうしてあんな縁談受けようと思ったんだ？」

「お、お父様が、うちにはお金がなくて、そうしたらあの方が支援してくださると……」

　案の定の答えが出てきて、僕はあーっと両手で顔を覆《おお》った。

　なんだか色々邪推《じゃすい》して、彼女自身の望みかもしれないと自分をごまかして。

　それなのに結局、こんな全然スマートじゃないやり方しか出来なくて。

　馬鹿だ。本当に馬鹿だ。僕。

「――ユリア。好きでもない相手と、いやいや結婚する必要なんてない」

「で、ですが、女性としていちばん大切なことだと……」

「そんな考え方はもう古いんだ。男でも女でも、好きな相手と結婚していいし、好きなことをしていい」

今にも泣き出しそうなユリアの金の髪を、僕はそっと撫でる。

「いっぱい本を読んだって、大学に行ったって、研究したって。船に乗って留学してもいい。これからはそういう時代になる」

「海外に行けるんですか……⁉」

「それはもう少しかかるけどね。でも君が大人になる頃には、きっと行けるようになる。だから……お願いだから、自分の夢を諦めないでくれ」

な、と僕が笑うと、ユリアはついにぽろぽろと涙《なみだ》を零し始めた。

仮面男と少女という組み合わせはさすがに衆人環視《しゅうじんかんし》の目がつらく、僕はそうっと彼女を抱き上げる。自宅に戻る街路を歩きながら、僕は覚悟を決めて彼女に尋ねた。

「ユリア、うちに来る気はないか？」

「ラ、ランディ様のおうちですか⁉」

「そうじゃない。うちの――ラヴァハートの養子にならないか、という意味だ」

この時代、後継者《こうけいしゃ》のいない貴族が他家から養子を取ることは珍しくない。

もちろん今回の場合は家督《かとく》を継《つ》がせるのではなく、彼女をあの父親から保護するのが目的だ。

「当然、父親とはなかなか会えなくなるだろう。だがうちなら、お前が読みたいと思う本も揃えられるし、家庭教師もつけてやれる。……どうする？」

僕の言葉に、ユリアはしばし押し黙った。無理もない。十歳の子に「お前の将来を今すぐ決めろ」と要求しているのと同じことなのだから。

「……まあ、無理にとは言わない。だがもしその気があれば――」

「行きます」

目が覚めるような毅然《きぜん》とした声に、僕は一瞬《いっしゅん》言葉を失った。

だが腕の中にいた彼女はにっこりと笑う。

「わたし、ランディ様のおうちに行きます。そして……いっぱい勉強したいです」

「……そうか」

ユリアを抱きしめる腕に思わず力が籠《こも》る。体の芯《しん》がぽかぽかして、僕は数日前、彼女のために買った本を胸に抱えて帰った時のことを思い出した。

（いつか、そういう時代に――）

脳裏《のうり》にガイゼル陛下の姿がよぎる。

きっと大丈夫。あの『氷の皇帝』なら。

いつの間にか空からは、真っ白な小雪がちらつき始めていた。

その後はまあそれなりに騒動《そうどう》した。

養子縁組《ようしえんぐみ》のためフレンダル家を調査したところ、ユリアの実母はずっと昔に早世《そうせい》していたことが分かった。おまけにあの父親が作った多額の借金を抱えており、彼はその返済も含《ふく》めて「娘を少しでもよい家の嫁《よめ》に」と画策《かくさく》していたらしい。

最初はレストランでの連れ去りを盾《たて》に取り、絶対に応じないと突っぱねられた。

だが僕がちょっと調べておいた「あまり良くないお仲間」のことや、公《おおやけ》に出来ない借金の出どころなどを指摘《してき》してやると、手のひらを返したように「娘をどうぞよろしくお願いします」と引き下がった。

こうして晴れてユリア・フレンダルは、ユリア・ラヴァハートとなったのだった。

◆

それから十年後。

僕はアトラシアの港で、目の前に浮かぶ巨大《きょだい》な客船をぼーっと見つめていた。

すると遠くから、きらきらと輝《かがや》く金髪《きんぱつ》の女性が駆《か》け寄《よ》ってくる。

「ランディ様、わざわざ来てくださったんですか⁉」

「別件もあったからな。ついでだよ」

「それでも嬉《うれ》しいです！」

そう言うとユリアは、白い頬を上気させて微笑んだ。

ユリア・ラヴァハート。

その類まれなる知性は素晴らしく、リヴ・モナの大学に女性で初めての主席合格を果たした。入学後もその研鑽《けんさん》は留《とど》まるところを知らず、外国文化に関する多くの論文、研究などを次々と発表。

そして成績優秀者として卒業生総代を務めたのち、ヴェルシアに帰国。

厳しい選抜試験《せんばつしけん》を乗《の》り越《こ》えて、今日——交換留学生の一人として旅立つ。


「それにしても、本当に大きな船ですね」

「動力部には、レヴァリアの鉱山で使用する蒸気機関を搭載《とうさい》しているからな。まったくマルセルの奴、普段《ふだん》あんなびくびくしてるのに、どうしてこういう発想は大胆《だいたん》なんだ……」

僕がぼやくのを見て、ユリアは嬉しそうに笑った。

「そういえば、王佐に昇進《しょうしん》されたんですよね。おめでとうございます！」

「単に年齢に適した職名になっただけで、仕事は全然変わってない」

「そ、そうでしたか……」

やがてユリアは、はあーと大きくため息をついた。

「うう、やっぱり緊張《きんちょう》します……。本当にわたしが留学生で良かったんでしょうか」

「選抜のペーパーテストで満点叩き出した奴《やつ》が何を言う」

「あ、あれはたまたまで……」

むう、と頬を膨《ふく》らませる彼女に幼い頃の姿を見いだし、僕は「ふっ」と笑いを堪えた。

まだ頬を赤くしているユリアの前に、小さな箱を差し出す。

「やるよ」

「何ですか、これ……」

ユリアが蓋を取ると、中からカモミールの花をモチーフにしたブローチが現れた。

びっくりして顔を上げる彼女の眼前からそれを取ると、襟元《えりもと》にしっかりと留《と》めてやる。

回りを縁取《ふちど》る宝石が、海面の照り返しを受けてきらきらと輝いた。

「餞別《せんべつ》だ」

「えっ、あの、ちょっと待ってください⁉ わたし、すでに国からいっぱいお金をいただいているのに、その上こんな」

「馬鹿。これは僕からだ。向こうで困ったら売って路銀《ろぎん》の足《た》しにしろ」

「し、しませんよ、絶対‼」

そう言うとユリアはブローチを守るように、ささっと両手で覆い隠した。その仕草に再び笑いを噛《か》み殺《ころ》していると、乗船開始を告げる鐘《かね》が桟橋《さんばし》に鳴《な》り響《ひび》く。

「時間だな。行ってこい」

「はい！」

ユリアは僕に向かってびしっと敬礼すると、大きな旅行鞄《りょこうかばん》を持って船の方へと歩き出した。僕はそれを無言で見送る――はずが、何故か口を開いてしまう。

「ユリア！」

美しく成長した彼女が、僕の方を振り返った。

「世界は広い。本だけでは分からないことも、知識だけでは理解できないことも、たくさんある。だから――全部見てこい！」

君は自由だ。性別も、年齢も、もう何も君の枷《かせ》にはならない。

「そしていつか――僕にそれを教えてくれ」

始まりは一冊の本。

でもいつの間にか、君の目は世界に向いている。

一息に言い切った僕を、ユリアはじっと見つめていた。

だがすぐに鞄を置くと、両手をいっぱいに振って満面の笑みで答える。

「はい！　わたし、頑張《がんば》ります!!」

その言葉に、かつての彼女を思い出した僕は――仮面の下で目を細めた。

やがて係留《けいりゅう》していた縄が解かれ、船は真っ白い煙《けむり》を吐き出しながら離岸《りがん》する。

他の見送り客らに交《ま》ざってそれを眺《なが》めていた僕は、甲板《かんぱん》に出ているユリアの姿を発見した。きょろきょろと誰かを捜《さが》している彼女に向けて、ひらひらと目立たないように手を振ってやる。

それを見つけた彼女は手すりから身を乗り出すようにして、大きな声で叫《さけ》んだ。

「ランディ様、あの！」

「……？」

「わたし、いっぱい勉強してきます！　だから――帰ったら結婚してください！」

その瞬間、僕の周りからざっと人がいなくなった。

だが当の僕はそんなことを気にする余裕《よゆう》もなく、ただぽかんと口を開く。

(は？　……なっ、けっ、結婚……!?)

見れば甲板でも、彼女から一歩引くように人垣《ひとがき》が出来ている。

船上から、しかも女性からの逆プロポーズとあって「いったいどう返事をするのか」という期待がびしばしと僕の頬を叩く。あいつ、最後の最後にやってくれたな。

わくわくと好奇心《こうきしん》に満ちた周りからの圧を跳《は》ねのけ、僕は咄嗟に叫んだ。

「――無事に帰ったらな！」

その瞬間、港には喜びの歓声《かんせい》があがり、船上からもわあっというどよめきが広がる。ユリアは両手で口元を押さえたあと、僕に向かって再度力いっぱい手を振った。こうして船は遠くの海上に消えていき――僕は見も知らぬ老人から、ばしんと肩を叩かれる。

「仮面の兄さん、やるねえ！」

「はは……」

交換留学生の期限はおよそ五年。

彼女は向こうで多くの文化に触れ、たくさんの素敵《すてき》な出会いをするだろう。

その中には僕より性格のいい奴が、きっとごまんといるはずだ。だから「気が変わった」と断られたらそれはそれで受け入れよう。

でももしそいつらよりも、こんな僕が良いと帰って来てくれるなら。

（……とりあえず僕が分家になればいいのか？　いやそれよりはユリアの新しい養子先を探して……。家柄的にはグレン・フォスター公にお願いしたいけど、あの強面《こわもて》が義父になるのはちょっと……）

普段使わない頭の部位が激しく稼働《かどう》する。

どんどん顔が熱くなってきて、僕はたまらず仮面を外した。

僕の名前はランディ・ゲーテ。

どうやら、ものすごく年の離れた婚約者が出来たらしい。


（了）

あとがき

ご無沙汰《ぶさた》しております、シロヒと申します。

『陛下《へいか》、心《こころ》の声《こえ》がだだ漏《も》れです！』なんと四冊目を出すことが出来ました！

今回は、ついにツィツィーが『心の声』が聞こえる能力についてガイゼルに告白するという、クライマックス感満載《まんさい》の巻となっております！

はたしてガイゼルはどうなってしまうのか！　逃《に》げだすのか、己《おのれ》の記憶《きおく》を消すのか、はたまた耐《た》え切れずに異世界に転生するのか！　結果はぜひ本文で楽しんでいただければと思います。異世界には行きません。多分。

ちなみに今回、番外編は一つとなっております（電子版にはもう一つあります）。

毎度おなじみランディ編は、今回で一応一区切りです。

一巻では「仕事したくないだるい帰りたい隠居《いんきょ》したい」だったランディが、みるみるうちに男前になっていく様子は、書いている私もびっくりしました。最終兵器仮面。

それから、みまさか先生によるコミックス三巻も同じ時期に発売されております！

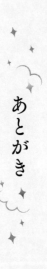

こちらはちょうど小説版一巻のクライマックスになりますので、気になる方はぜひコミカライズの方も手に取っていただけたら嬉《うれ》しいです。宣伝も色々としていただけるそうなので、そちらもぜひ！


そして今回の制作も、色々な方にお世話になりました。

特に「だだ漏れ」の校正様は本当にすごくて、私はこの二年でめっちゃくちゃ鍛《きた》えていただきました。ありがとうございます。これからも精進《しょうじん》します。

そして雲屋《くもや》先生なくしても、きっと「だだ漏れ」は完成しなかったでしょう。今回も本当に素敵《すてき》な表紙とイラストをありがとうございます！　ラストの挿絵《さしえ》ラフを見てパソコンの前でガッツポーズしました。陛下、色気がだだ漏れです！（突然《とつぜん》の新タイトル）

そして何よりも、いつも根気よく付き合ってくださる担当様。

私がどんなに弱音を吐《は》いても決して見捨てず、話づくりに真摯《しんし》に向き合ってくださるその姿勢がどれだけ頼《たの》もしかったことか。あなたがいたから、きっと私はここまでやってこれました。本当に本当に、ありがとうございます。


それではまたお会いできますことを心の底から祈《いの》りつつ。

お付き合いくださりありがとうございました！

■ご意見、ご感想をお寄せください。
《ファンレターの宛先》
〒102-8177 東京都千代田区富士見 2-13-3
株式会社KADOKAWA ビーズログ文庫編集部
シロヒ 先生・雲屋ゆきお 先生

ビーズログ文庫

陛下《へいか》、心《こころ》の声《こえ》がだだ漏《も》れです！ 4

シロヒ

2022年11月15日 初版発行

発行者	山下直久
発行	株式会社 KADOKAWA 〒102-8177 東京都千代田区富士見 2-13-3 （ナビダイヤル）0570-002-301
デザイン	おおの蛍（ムシカゴグラフィクス）
印刷所	凸版印刷株式会社
製本所	凸版印刷株式会社

ISBN978-4-04-737255-9 C0193

定価はカバーに表示してあります。

◇◇◇